司馬遼太郎『街道をゆく』

用語解説
詳細地図付き

本郷界隈 I

全文掲載
中高生から
大人まで

朝日新聞出版

司馬遼太郎『街道をゆく』〈用語解説・詳細地図付き〉

本郷界隈 I

目次

装幀　芦澤泰偉
地図　谷口正孝
編集協力　榎本事務所

司馬遼太郎『街道をゆく』〈用語解説・詳細地図付き〉

本郷界隈Ⅰ

鴨《かも》がヒナを連れて

私的なことだが、幕末から明治初年の混乱の世のことを書いていたころ、時代の気分を知るために、つとめて当時の人の日記類や伝記、自伝を読んだ。それらのなかで、ずいぶん世話になったひとつは、石黒忠悳《いしぐろただのり》（一八四五〜一九四一）の『懐旧九十年』という題名の自伝である。

石黒忠悳については、平凡社の『世界大百科事典』のその項を借りると、

医学者。日本の陸軍軍医制度の基礎を築いたのをはじめ、近代医学教育、看護婦養成など各方面に功績を残した。福島県生れ、本籍は新潟県。……

とあって、薩長土肥《さっちょうどひ》★1のいずれにも属さない明治官僚である。私どもにとって、軍医森★2林太郎《りんたろう》（鷗外）の上司だったというほうがわかりやすい。

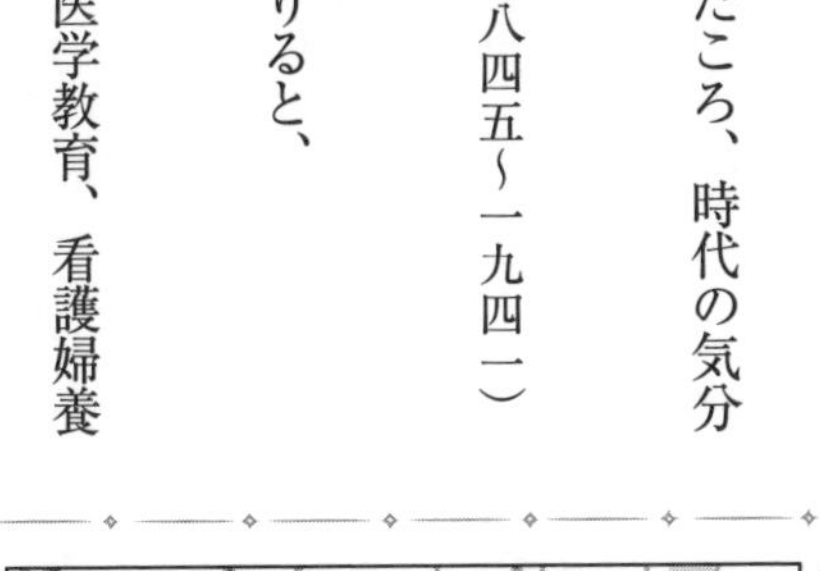

①根津神社
②旧岩崎邸庭園
③湯島天神
④東京大学
⑤小石川後楽園
⑥弥生坂
⑦団子坂
⑧無縁坂
⑨切通坂
⑩三四郎池
⑪かねやす
⑫本郷のクスノキ
⑬旧加賀屋敷御守殿門（東大赤門）
⑭樋口一葉の菊坂旧居跡
⑮炭団坂
⑯坪内逍遙旧居跡

『本郷界隈』の舞台

★1 明治新政府設立の中心となった薩摩《さつま》（鹿児島県）、長州（山口県）、土佐《とさ》（高知県）、肥前《ひぜん》（佐賀県）の四つの藩のこと。

幕末、「非常」ということばが、流行した。非常の世には非常の人が要るという、いわば風雲の人出《いで》よ、という誘い言葉であった。このため、常《つね》の世なら顧《かえりみ》られもしない奇骨がなまなましくおどり出て、数奇《すうき》な生涯を送った。

が、維新早々ともなれば、処理家が必要になった。石黒忠悳は、そういう時代の要求があって、世に出た。

処理家とは、あらたな文明を興すにあたって、その土台づくりをする人のことだが、そういうひとびともまた風雲の世の名残りで、部分的な緻密さよりも、即座に大きな構造計算ができるような速断の人が多かった。

石黒忠悳も、そういうひとであった。かれも、幕末の一時期、奔走家であったらしい。写真をみると、骨太《ほねぶと》な骨柄《こつがら》で、ただ者でなかったろうという面影をのこしている。

やがて江戸に出、世の要求が洋学にあるとみて、下谷《したや》和泉橋《いずみばし》通りにあった幕府の医学所に入学した。「これこそ今の東京帝国大学医学部の前身です」と、前記の『懐旧九十年』のなかで、石黒はいう。

ついでながら『懐旧九十年』という本は、談話速記である。昭和初年にすでにまとめられていて、同十一（一九三六）年、非売品として刊行された。そのころ古書籍界では手に入《はい》りにくい本だったが、その後、岩波文庫から出た。

文庫には孫にあたられる原もと子氏のあとがきが付せられている。身内ながら、その

★2 森鷗外《もりおうがい》。明治～大正時代の小説家。軍医として働くかたわら、作品の執筆を行う。評論や翻訳なども行っており、その活動は幅広い。代表作に『舞姫』など（森鷗外については本文107ページから詳述）。

石黒忠悳

祖父の歴史のなかでの計量計算が厳正で、過不足がない。

医学生だった石黒は、幕末のぎりぎりには、すでに医学所の句読師《くとうし》並《なみ》になっていた。句読師というのは、漢文や欧州語の「読み方を教える人」ということで、のちの大学助手を想像すればいい。

その後、幕府が瓦解する。石黒は江戸をのがれて米沢[★3]や越後《えちご》[★4]を転々し、明治二年、東京にもどった。すでに和泉橋通りの医学所は官軍に接収され[★5]、近所の藤堂《とうどう》藩邸[★6]がそっくり官軍の〝大病院〟になるというふうに、様《さま》変りしていた。

「以前、ここにいた石黒という者です」

とでもいったかどうか。むろん、旧知の人が多く、そういうあいさつも必要なかったかもしれない。

医学所を実際に主宰していたのは、官軍の医師だった英国人ウィリアム・ウィリス（一八三七〜九四）であった。性格が篤実で、同国人の同僚から良心のかたまりのようだといわれたひとである。

ウィリス（Willis）については萩原延壽《はぎはらのぶとし》氏の『遠い崖』（朝日新聞社刊）、佐藤八郎氏の「英医ウィリアム・ウィリス略伝」（淵上印刷刊）、またヒュー・コータッツィ氏の『ある英人医師の幕末維新』（中須賀哲朗訳・中央公論社刊）などにくわしい。

★3 よねざわ＝現在の山形県東南部置賜《おきたま》地方。

★4 現在の新潟県。

★5 国家などの権力が、強制的に所有物を取り上げること。

★6 伊勢《いせ》国（三重県津市周辺）と伊賀国（三重県西部）を領有した藩。安濃津《あのつ》藩、津《つ》藩とも。

ウィリスは、治療もし、講義もした。官は、出もどりの石黒忠悳に対し、
「ウィリスの講義を紀聞《きぶん》（聞いたことを書きしるすこと）せよ」
と、命じた。月給二十円で、この速記が、石黒が官途に入るきっかけになる。石黒によると、ウィリスの講義録は、『日講紀聞』として、いまも東京大学に保存されているというが、私は実見していない。

通訳は、語学の天才といわれた★7司馬凌海《しばりょうかい》であった。かれはかつて長崎で★8ポンペの講義を通訳したのだが、いまはウィリスの講義を通訳し、やがては、ドイツ人医師のホフマンたちの講義も通訳した。語学については、底なしの才能をもっていた。

ウィリスは、エジンバラ大学医学部を卒業し、学位も受け、ロンドンで十分に臨床経験も積んだ。当然、自分が明治日本の医学の教育の中心にすわるつもりでいたが、日本政府が意外にもドイツ医学に転換したため、その希望がうしなわれた。このあと、★9西郷隆盛が気の毒がって、鹿児島に招聘《しょうへい》して医学校をおこさせた。

この明治二年の段階にあっては、〝大学〟ということばの意味がのちとちがっていて、教育行政制度上の最高の役所というふうに使われていた。その役所が、旧幕府の官学だった湯島の聖堂におかれていたのだが、石黒はそのほうの役人になり、和泉橋通りと湯島をゆききした。

★7 一八三九年～一八七九年没。幕末～明治時代初期の洋学者、医師。江戸で松本良甫《りょうほ》に医学を学び、その養子である松本良順とともに長崎へ行ってポンペに学ぶ。その後、故郷の佐渡《さど》（新潟県）で開業した。英語やドイツ語など六カ国語に通じ、日本で最初の独和辞典『和訳独逸辞典』を出版する。

★8 ポンペ・ファン・メールデルフォールト。一八二九年～一九〇八年没。長崎海軍伝習所の医学教師として来日。日本で最初の洋式病院である長崎養生所を設

ほどなく、のちの医学部に相当する教育機関のことを大学東校とよぶようになった。実質は、旧幕以来の和泉橋通りの医学所のことである。ただ和泉橋のあたりは低湿地であるため、いずれは高燥《こうそう》の地に移転せねばならないという話が出ていた。その有力な候補地が、上野の山だった。

このあたりで、オランダ人ボードイン（Anthonius F. Bauduin　一八二二～八五）が登場する。

以下の事情は一度書いたことがあり、気がひけるが、「本郷界隈」ともなれば、ふれざるをえない。

オランダの陸軍一等軍医ボードインは、有名なポンペの後任として幕府が招聘した人である。

かれが長崎で医学を教えるうち、幕府が江戸で大規模な医学校を興したい、と言いだした。

ついてはボードイン先生にそれを主宰してもらいたい、ということだったので、かれはいそぎヨーロッパにもどり、器具、器械、薬剤、書籍など、医科大学を興すに足るだけのものを買い、船便で送り、かれ自身は明治維新早々、横浜に上陸した。不幸にも幕府は瓦解してしまっていた。

立。治療を行うとともに伝習生への本格的な医学教育を行った。

★9 さいごう・たかもり＝一八二七年～一八七七年没。明治維新の指導的政治家。薩摩藩（鹿児島県）の下級武士の生まれで、坂本龍馬の仲介を受けて長州藩（山口県）と倒幕のための同盟を結ぶ。戊辰《ぼしん》戦争（126ページ注177参照）では各地で指揮をとり、明治政府でも中心的存在となった。

アントニウス・ボードイン

やむなくかれは新政府の雇《やと》いになり、大阪の病院で一年ばかり教えた。

任終えて帰国すべく横浜に上陸し、築地のホテルだったかに投宿した。明治三年六月のことで、当然ながら日本政府の仕打ちに腹が立っていた。

しかも日本政府がドイツ医学に転換するという話もきいていた。はなはだ失望し、江戸期以来の日蘭の友誼《ゆうぎ》★10はなんであったか、とおもったりもした。

しかも、帰国あいさつのために東京に出てくると、日本政府の役人たちがやってきて、

「ドイツ人教師が、普仏戦争★11のために、やってくるのが遅れているのです。かれらがくるまでのあいだ、大学東校で講義をしてくれませんか」

と、いうのである。

ボードインはいよいよ腹が立ったが、結局は承知し、二カ月間ほど講義し、帰国した。

このときの講義も、『日講紀聞』としていまも保存されているそうである。


この間《かん》、石黒忠悳が大学東校の建設計画の設計図などを持って、ボードインを訪ねた。

この間の事情については以前に書いたから、くわしくはのべない。

石黒たちの計画では、上野の山王台《さんのうだい》から鶯谷《うぐいすだに》一帯にかけて病院を建て、散歩道から下谷《したや》浅草《あさくさ》を見おろせるようにするという、はなはだ結構なものであった。上野のなかの竹の台あたりに各教室をつくり、谷中道《やなかみち》には大寄宿舎を建てるという雄大なもので、当

★10 友情。親しい付き合い。
★11 ふふつせんそう＝一八七〇年から七一年に行われた、ドイツ統一を進めるプロイセン軍とそれを恐れるナポレオン三世率いるフランス軍との戦争。プロイセンが大勝し、ドイツが統一された。

然ながらボードインが感心するはずだとおもったのである。

当の上野の山に石黒が案内し、司馬凌海が通訳しつつ山を上下するうち、ボードインは景観の幽邃《ゆうすい》★12さに感心してしまった。

こんなみごとな都市森林をもっていながらそれをつぶすというのはなにごとであるか、西洋では、市中に森がなければわざわざ造林するほどなのだ、といった。

「公園《パルク》というものをごぞんじか」

そんなものは、石黒は知らない。当時、日本には公園ということばも概念もなかった。

このあと、ボードインはオランダ公使を通して日本政府に対し、上野の山を公園として保存すべき旨申し入れると、日本政府ももっともだとおもったらしく、数日で方針を転換し、べつに文部省が〝御用地〟として買いあげてあった本郷台の加賀藩邸を使用することにした。

起工は明治八年七月で、和泉橋通りから引越しするのは、一部ができあがった翌九年十一月である。

加賀の前田家は百万石（実際は百二万五千石）といわれているだけに、本郷台のその上《かみ》屋敷★13はじつに広大だった。金沢（石川県）を本拠とし、越中《えっちゅう》富山十万石の前田氏を分家とし、さらに大聖寺《だいしょうじ》絹や九谷焼《くたにやき》（吉田屋窯）で有名な大聖寺七万石の前田氏をも分家

★12 景色などが物静かで奥深いこと。

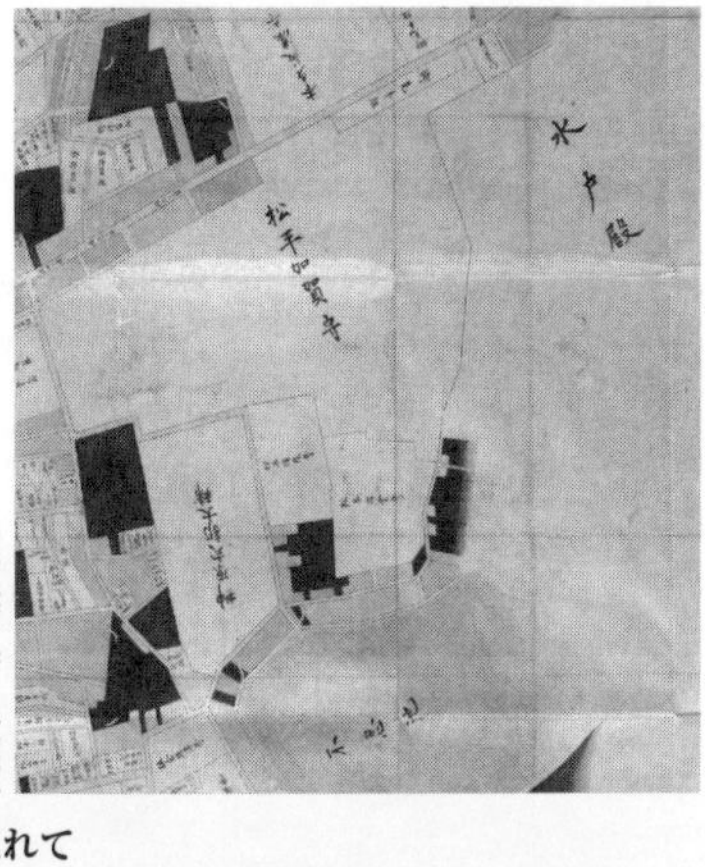
加賀藩江戸上屋敷

★13 地位の高い大名や武家が平常の住居とした屋敷。

にしている。

江戸のこの本郷の加賀藩邸は、富山藩邸や大聖寺藩邸を隣接させて、三つの前田氏が一ツ地域にいた。それを明治初年、文部省が一括買いあげた。

私は、東京大学が移ってくるまでの〝御用地時代〟の旧加賀藩邸跡がどのようにつかわれていたのか、知らなかった。このたび、本郷界隈をあるくについてさまざまな本を読んでみると、御雇《おやと》い外国人の居住区としてつかわれていたことを知った。

林泉のあちこちに十七棟もの木造西洋館が点在していて、あたかもこの一画《いっかく》が小さな西洋であったかのようなのである。

たとえば一番館に住んでいるのが、アメリカ人★14E・F・フェノロサ(一八五三〜一九〇八)であった。いうまでもなく、明治初年、日本画を高く評価し、★15岡倉天心とともにあたらしい日本画の勃興に力をつくしたひとである。

十七番館は、ドイツ人★16G・ワグネル(一八三一〜九二)の住まいであった。明治元年に来日し、東京大学の前身の開成学校で理化学を教え、日本の陶磁器や七宝《しっぽう》、染織が国際市場に進出できるように技術の改良をすることに功があった。

五番館には、大森(品川区大井)で貝塚を発見したアメリカ人★17エドワード・S・モース(一八三八〜一九二五)が住んでいた。日本の動物学や考古学の基礎づくりに貢献した人であることは、いうまでもない。

★14 アーネスト・フランシスコ・フェノロサ。東洋美術研究者。明治十一(一八七八)年に来日し、東京大学で講師を務める。そのかたわらで日本美術の研究を行い、弟子の岡倉天心《おかくらてんしん》らとともに日本画の復興を唱え、東京美術学校(東京藝術大学)を設立した。

★15 おかくら・てんしん＝一八六二年〜一九一三年没。明治時代の美術指導者、思想家。のちに東京美術学校の校長を務めた。公

このようにみると、〝御用地〟としての旧加賀屋敷は、東京大学になる以前において、すでに明治文化の原風景であるかのようである。

また、皮膚外用薬の「ベルツ水」で知られるドイツ人E・v・ベルツ★18（一八四九〜一九一三）も、十二番館に住んでいた。明治九（一八七六）年に来日し、東京医学校（東大医学部）で、内科学のほか、生理学、病理学、薬物学、産婦人科学、精神病学などを講義し、明治医学に圧倒的な影響をあたえた。

旧加賀藩邸には、樹木が多かった。

その官舎群は、林間にあって気分のいいものだったにちがいない。モースなどは『日本その日その日』（石川欣一訳・東洋文庫）のなかで、犯罪のすくない日本の社会のしずかさをよろこびつつ、信じがたいことに、動物までおだやかだという意味のことを書いている。

モースによると、かれの幼少の頃のアメリカでは、犬を見ると子供たちは石を投げつけたという。このため、アメリカの犬は、「人間が石を拾う動作をしただけでも後《あと》じさりをするか、逃げ出し」たりしたそうである。

しかし、明治初年の日本の犬は、そうではなかった。

先日の朝、私は窓の下にいる犬に石をぶつけた。犬は自分の横を過ぎて行く石を見

職を退いたのち、日本画家の横山大観《たいかん》らと日本美術院を結成。

★16 ゴットフリード・ワグネル。科学者、工芸家。工業技術教育機関の設置を明治政府に提言。明治十七（一八八四）年に東京職工学校（東京工業大学）の教師となった。

★17 エドワード・シルヴェスター・モース。生物学者。研究のために来日し、明治十（一八七七）年に横浜から東京へ移動する列車の中から大森貝塚を発見。発掘調査を行い、日本の考古学や人類学の発展に大きな役割を果たした（本文18ページから詳述）。

★18 エルヴィン・フォン・ベルツ。ドイツの医師。日本人女性と結婚した。

た丈《だけ》で、恐怖の念は更に示さなかった。そこでもう一つ石を投げると、今度は脚の間を抜けたが、それでも犬は只不思議そうに石を見る丈で、平気な顔をしていた。その後往来で別の犬に出喰《でく》わしたので、態々《わざわざ》しゃがんで石を拾い、犬めがけて投げたが、逃げもせず、私に向って牙をむき出しもせず、単に横を飛んで行く石を見詰めるだけであった。

当時は江戸文明がのこっていて、本郷あたりでは犬までがおっとりしていたとみえる。ついおもいあわせてしまうのだが、私どもが欧米にゆくと小鳥がカフェ・テラスのテーブルのそばまできて、人を恐れないことにおどろかされる。江戸から明治までは、どうも、日本でも似たようなものだったらしいのである。

好もしい例がある。十二番館に住むベルツ博士の夫人花は、神田明神下でうまれたひとで、彼女については、★19鹿島卯女《かじまうめ》氏による『ベルツ花』といういい伝記がある。その官舎のまわりには、キツネがたくさん棲《す》んでいて、ときにネコとけんかをしていたという。

さらには、鴨がヒナをつれてぞろぞろと家の中に入ってきて、台所のストーブのそばにうずくまったともいう。煖《だん》をとるのが、目的だったらしい。

本郷台地の東の低地に、不忍池《しのばずのいけ》がくぼんでいる。雁や鴨は日中はその池に浮かんでい

★19 一九〇三年～一九八二年没。経営者。鹿島組（鹿島建設）の組長の長女として生まれ、のちに鹿島建設初の女性社長、会長を務めた。

不忍池

て、夕方になると、台上の異人さんの官舎にきて体をあたためるというのだが、鳥が人を恐れないというのは江戸時代の人気《じんき》の余風だったろう。

本郷は、江戸のころは武蔵国豊島郡《むさしのくにとしまごおり》の村だったのである。

縄文から弥生へ

上野の不忍池《しのばずのいけ》は、海の切れっぱしだったろう。すくなくとも、"縄文海進《じょうもんかいしん》"[20]（六五〇〇年から五五〇〇年前）のころは、遠浅の入江だった。

徳川家康[21]の江戸入りのころ（一五九〇）でも、下町の大部分が低湿地だった。家康から三代ばかりかかった江戸市街地の造成の基本は、低湿地を埋めたてることだった。土は台地から持ってきたり、掘割[22]を掘って、残土を積み、地面を高くした。

そんな作業がすすむうちに、かねて砂洲によってふさがれてできていた池のひとつが残された。それが不忍池だったのである。

★20 縄文時代に日本で発生した海水面の上昇のこと。海面は今よりも二～三メートル高かったといわれる。

★21 とくがわ・いえやす＝一五四二年～一六一六年没。関ケ原の戦いで勝利し、江戸幕府初代将軍となる。

★22 ほりわり＝地面を掘って作られた水路。

その〝海〟から、本郷台地をながめてみると、堂々たる陸地である。平均標高は二五メートルだという。

本郷台地は海ぎわだったから、縄文時代のひとびとにとって、一等場所だった。魚や貝がとれるからである。文京区教育委員会編『文京のあゆみ』によると、文京区だけで縄文遺跡が、二十八カ所も発見されている。

〝海〟から、本郷台という陸地にあがってみた。

まず無縁坂からあがり、ついで湯島の切通《きりどおし》坂からあがった。また北へまわって弥生《やよい》坂からものぼってみたりして、本郷台地がずっしりした陸地である感じを体に入れた。むろん、縄文人になったつもりである。

十九世紀のアメリカ人のエドワード・S・モースの気分をまねてみたのである。

モースというのは、いうまでもなく明治初年の日本にきて縄文時代の貝塚（大森貝塚。現在、品川区大井六丁目から大田区山王一丁目）の発見をしたひとである。

ついでながら、モース（Morse）は、明治時代、多くのひとたちがモールスとカナでよんだ。おもしろいことに、★23〝モールス信号〟のS・F・B・モース（一七九一〜一八七

エドワード・S・モース

★23 短点と長点の二種類の符号を組

二）とおなじ綴りである。

大森貝塚のほうはモースといい、トンツー信号のほうは、モールスという。〝ギョエテとはおれのことかとゲーテ言い〟のたぐいである。十七世紀にイギリスからアメリカのマサチューセッツに移住してきた家で、両家は遠祖がおなじだったという。

貝塚のモースについては、かれ自身に『日本その日その日』というすばらしい滞日記録がある。

また解説や紹介書がすくなくないが、最近、慶応義塾大学の生物学の教授、磯野《いその》直秀《なおひで》氏によって、『モースその日その日——ある御雇《おやとい》教師と近代日本』（有隣堂刊）といういい本が出た。その「あとがき」に、

モース先生の五代目の孫弟子の一人として、私が東大動物学教室に進んだのは一九五七年（昭和三十二年）だった。


とあり、五代目というあたり、まことに情趣がふかい。

モースは、明治十（一八七七）年、腕足類（無脊椎動物）の採集のために日本にきた。旅先のかれを、珍種の鳥でもつかまえるようにして、東京大学が動物学の教授としてまねいた。在職はわずか二年だったが、草創期の巨人らしく業績の幅がひろく、東洋初

み合わせた文字を使った通信方法。アメリカの画家、発明家のサミュエル・フィンレイ・ブリース・モースの電信実験がもとになり、のちに改良されていった。

の臨海実験施設を江ノ島に設けたり、動物学や考古学の基礎をつくったり、やがて人類学会に発展する研究会をつくったり、またダーウィン★24の進化論をはじめて日本に紹介したりした。さらには日本陶器を収集したり（現在、ボストン美術館に収蔵）、民具のたぐいをあつめたりもした（現在、マサチューセッツ州のピーボディ博物館に収蔵）。

少年であることの量の多かった人で、本郷構内の官舎に住んでいたころ、たくさんの子供をあつめてあそんだ。ときに盛大な戦争ごっこをしたそうである。本格的な模擬戦をやり、九段の偕行社《かいこうしや》（陸軍将校のクラブ）でもそれをやってみたりもした。といって、軍歴があったわけではなく、諸事そんなふうなひとだったのである。

モースが無学歴だったことは、よく知られている。

少年期は、悲惨だった。どうやら巨大な感情の容積や好奇心の重量に押しつぶされて、学校が堪えがたかったらしい。磯野氏の本にも、モースの少年期は、「きかん気で、乱暴で、権威に反抗的であり、学校に閉じこめられるよりも野原をさまよう方が好き」だったという。小学校も退学させられ、ハイスクールも、三校転々としていずれも放校処分に処せられた。

基礎知識のほとんどは独学によるものだった。

絵はうまかった。モースの絵は『日本その日その日』にも多く挿入されていて、明治

★24 チャールズ・ロバート・ダーウィン。一八〇九年〜一八八二年没。イギリスの自然科学者。すべての生物は長い時間をかけて変化してきたという「進化」の概念を提唱した。

初年の日本人のくらしのなかの身動きや、動物、民具、巷《ちまた》の情景が的確にとらえられている。

この点、モールス信号のモースが本来、イェール大学在学中に電気に興味をもったものの、やがて画家を志し、ロンドンのローヤル・アカデミーで肖像画をまなんだのと似ている。

動物学者としてのモースは、製図工をやりながら、博物学的な収集をしたり、研究をしたりした。

やがて、ハーバード大学のルイ・アガシー[★25]（一八〇七〜七三）の助手になり、アガシー教授の博物学や、ジェフェリー・ワイマン教授（一八一四〜七四）の考古学の講義をきいた。

ワイマンは、磯野氏の本によると、アメリカにおける最初の貝塚の発見者だったという。

さて、貝塚のことである。

貝塚は、モース以前に日本でも知られていた。大阪府の泉南には貝塚という地名があり、ほかにも吉田東伍《よしだとうご》の『大日本地名辞書』によると、越後《えちご》、遠江《とおとうみ》[★26]、武蔵《むさし》[★27]、下総《しもうさ》[★28]、常陸《ひたち》[★29]、

★25 スイス生まれのアメリカの海洋、地質、古生物学者。チューリヒ大学等で医学、博物学などを学ぶ。魚類、化石魚類の研究で著名。シーラカンスの命名などで知られる。

★26 現在の静岡県西部。

★27 現在の東京都と埼玉県と神奈川県の東北部。

★28 現在の千葉県北部、茨城《いばらき》県南西部、東京都東部と埼玉県東部。

★29 現在の茨城県の大部分。

★30磐城《いわき》などにもある。

が、貝塚というものが、主として縄文時代、海浜に住んでいたひとびとにとっての貝《かい》殻《がら》捨て場だったことを知るのは、モースによってである。貝塚からは人骨も出、土器も出、また石器として用いられた黒曜石なども出たから、先史時代を知るうえで、情報の宝庫であった。

明治十年六月十七日の夜、横浜港についたモースは、その日は海岸通りのグランドホテルで一泊し、翌日東京にむかった。汽車は大森駅で停車し、同駅を汽車が発車してほどなく、モースは車窓から、左手の★31切割《きりわり》に白い貝殻が点々と露出しているのをみた。★32炯《けい》眼《がん》と幸運は、しばしば一つのものである。

線路わきの崖に貝塚が露出していたその切割も、はるかに奥多摩からひろがっている武蔵野台地の一端である。

そこから北へ十数キロもある本郷台地もおなじ武蔵野台地の一部で、いわば一つ世界だった。

縄文人にとって、海近くの台地は住みやすかった。その上、海は遠浅で、退き潮になると潟《かた》を歩いて貝をひろうことができる。

★30 現在の福島県東部および宮城県南部。

★31 山や丘を切り開いてつくった道路。切り通し。

★32 本質を見抜く鋭い眼力が備わっていること。慧眼とも。

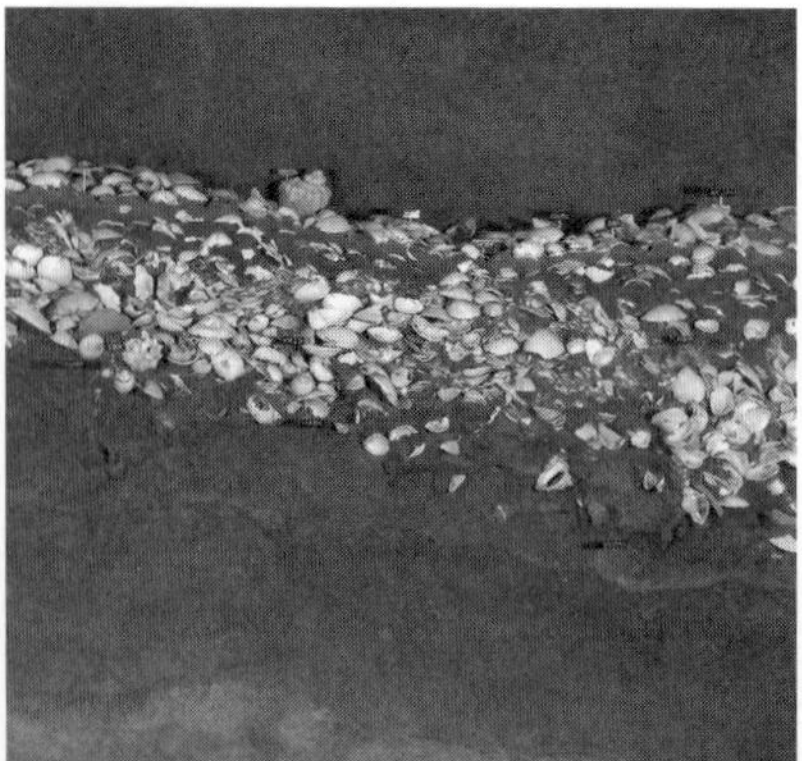

大森貝塚の貝が露出した崖

モースはこのとし、三十九歳であった。新橋駅につくと、東京大学理学部（帝国大学理科大学校）の数学教授のホレース・E・ウィルソンが迎えにきてくれていた。そのかたわらにわかい日本人教授がいた。

二十九歳の外《と》山正一《やままさかず》（一八四八〜一九〇〇）であった。江戸うまれで、幕末、幕命によって中村正直《まさなお》★33（敬宇《けいう》）らとともに英国留学をしたひとである。英国からアメリカにわたって、社会学や経済学を学んだ。

外山がミシガン大学にいたとき、モースが大学にやってきて公開講義をした。外山も、聴衆のひとりだった。

「おぼえていらっしゃいますか」

駅頭でいったのか、他の場所でいったのか、わからない。むろん、聴衆の一人だった自分をおぼえているかということではない。その日、モースはパーマー博士の家に泊まった。そのパーマー博士の家に下宿していたのが、外山であった。

モースは、ひょっとしたら、おぼえていなかったかもしれないが、そのとき大いに破《は》顔《がん》して外山の手を握ったはずである。モースは、物のかたちの記憶に卓越していたが、人間に対する記憶は普通だったようで、もし外山が古生代《こせいだい》の腕足類だったら抱きついてなつかしがったにちがいない。

モースの『日本その日その日』の「大学の教授職と江ノ島の実験所」のくだりに、

外山正一

★33 一八三二年〜一八九一年没。洋学者、教育者。訳書『西国立志編』『自由之理』などは、当時の若者に大きな影響を与えた。

……そのこと（註・パーマー博士宅でのこと）を思い出すと、なる程この日本人がいた。彼は今や政治経済学の教授なのである。（石川欣一訳）

外山は、モースがミシガン大学でやったような講演を東京大学でやってほしいとたのんだ。

モースは承諾し、その月の二十六日の夕刻、東大で講演した。講演の内容は、東洋文庫の『日本その日その日』の解説（藤川玄人《ふじかわはると》氏）によると、腕足類が生物の進化の研究にとっていかに重要であるか、ということだったらしい。

モースは黒板をつかい、さかんに略図を描き、熱烈に話し、教授や学生たちを魅了した。日本における生物学、人類学、あるいは考古学をもふくめた出発の日であったといっていい。

じつは、総合大学としての東京大学は、このとし（一八七七）の四月にはじまったばかりだった。

それまでは開成学校であり、医学校であり、総合大学の看板をあげたとはいえ、学科も教授も、そろってはいなかった。

第一、動物学科を設けるかどうかも未定だったが、モースの講演をきいて文部省はほとんど即座に設置をきめた。

この講演は、モースにとって、オーディションのようになった。モース招聘《しょうへい》がきまり、さきの外山正一が使者に立ち、その承諾をえた。二年契約だった。

教授のなかには、反対論もあった。磯野直秀氏の前記の本によると、「博物学の如きは左程《さほど》必要ならざれば斯《かく》の如き学科を設」けることはない、という意見や、またのちに総長になる浜尾新《はまおあらた》★34も「モールス氏は下等動物に詳しきも高等動物の事に就《つい》て左程云はざりし故、人々氏を招聘することを危みたり。然れどもモールス氏は弁舌に巧《たくみ》にして、絵画も亦巧なりしが故に……」などと回想している。なんだか、モースが雄弁で絵がうまかったからパスしたようにもうけとれる。

「さて、弥生町《やよいちょう》にゆきましょう」

と、編集部の村井重俊氏にそういって、不忍池の池畔から、地下鉄の根津《ねづ》駅付近にまわり、弥生坂をのぼった。このあたりは、ひろくは向ケ岡《むこうがおか》である。

江戸時代、このあたりは水戸藩★35の中屋敷で、町名などはなかった。明治二(一八六九)年政府に収用され、それでもなお名無しだった。

明治五年、町家《まちや》ができはじめて、町名が必要になった。

たまたま旧水戸藩の廃園に、水戸徳川家九代目の斉昭《なりあき》★36(烈公)の歌碑が建てられてお

★34 一八四九年〜一九二五年没。明治〜大正時代の教育行政官。明治維新後に文部省に出仕し、東京開成学校長心得などを経て東京帝国大学総長となる。文部大臣や貴族院議員、枢密院議長などの要職を歴任した。
★35 みと=現在の茨城県中部、北部。
★36 徳川斉昭。一八〇〇年〜一八六〇年没。江戸時代後期の大名。儒学者《じゅがくしゃ》の藤田東湖らを登用して藩政改革に着手する。海防参与として幕政に関わるが、尊王攘夷《そんのうじょうい》論者だったため井伊直弼《いいなおすけ》と対立し、安政の大獄で処分を受けた。

り、その歌の詞書《ことばがき》に、「ことし文政十《とを》余り一《ひと》とせといふ年のやよひ十日さきみだるるさくらがもとに」という文章があったから、弥生をとった。つまりは、向ケ岡弥生町になった。

弥生は、いうまでもなく三月の異称である。奈良朝時代には、すでにあった。弥《や》は、「いや」である。弥栄《いやさか》というようにますますという、プラスにむかう形容で、生《おい》は「生《お》ひ」で、生育のこと。草木がますます生《お》ふるということである。

弥生というような稲作文化の象徴のようなことばをもつ町名から、稲作初期の土器が出て、弥生式土器となづけられた。まことにめでたいといわねばならない。

弥生式土器は、ひろく時代区分として、〝弥生時代〟ともつかわれ、〝弥生文化〟というふうにも用いられるようになった。おなじ地名でも、西片《にしかた》や牛天神から土器が出て、〝西片時代〟〝牛天神文化〟となると、汎用しにくかったにちがいない。

縄文土器（cord marked pottery）という呼称も、モースが大森貝塚から発掘した土器を分類したとき、土器の面につけられた縄目《なわめ》の紋様に注目し、この紋様に共通性があることに気づいたことからおこった。

さて、弥生のことである。紀元前三世紀ごろに稲が北九州に伝来し、紀元約三、四世紀にいたるまでを、弥生時代という。

弥生坂あたり

稲の渡来は、日本人のくらしを一変させた。コメだけではなく、鉄器から土器、藁《わら》製品にいたるまでセットになって伝来した。さらには水田のそばにムラがつくられ、日本社会の原形ができあがった。

イネは、走るようないきおいで東方につたわり、この本郷台の端に達したのは——というより弥生町で発見された弥生式土器の年代は弥生中期（紀元前後）であった。貝塚も、全国に無数にある。

弥生遺跡も多いが、武蔵野台地でのそれらの発見が、発見史としてのさきがけになったのは、いうまでもなく本郷台に大学が置かれ、研究者がそこにあつまっていたからである。それだけの理由ながら、理由としては大きい。

弥生式土器の発見は、明治十七（一八八四）年三月、三人の学生によるものだった。その後、このあたりが都市化して、発見場所がわからなくなった。とりあえず、いまは、弥生町二丁目の路傍に、「弥生式土器発掘ゆかりの地」という碑がたてられており、ざっとこの辺だということを示している。発見者のひとりの★37坪井正五《つぼいしょうご》郎《ろう》（一八六三～一九一三）は大学予備門のころにモースの講演をきき、そ

弥生式土器発掘ゆかりの地碑

坪井正五郎

★37 人類学者、東大教授。学友とともに人類学会を創設し日本の人類学・考古学の開拓者となる。日本石器時代人についてコロボックル（アイヌ伝説に登場する小人）説を主張した。

の影響をうけて、日本の人類学研究の基礎をつくった。

加賀《かが》屋敷

本郷の東大敷地が、江戸時代の加賀前田家の上屋敷《かみやしき》だったことは、よく知られている。

当時、太政官《だじょうかん》としてはここに大学を置く予定はなく、御雇《おやと》い外国人たちのための官舎街にするつもりで収用した。建物は日本の大工さんが〝西洋館〟のつもりで建てた平屋《ひらや》で、西洋人たちはこれらの建物や環境をふくめて、

「加賀屋敷」

とよび、よろこんだ。

広大な面積でありながら、外縁がしっかり塀でかこまれていて、いくつかの門があり、警備にも便利がよかった。なにしろほんのこのあいだまでは、西洋人とみればかれらを殺傷するのが正義だとおもいこんでいる連中がうろついていたのである。

加賀藩邸は、林泉がよかった。

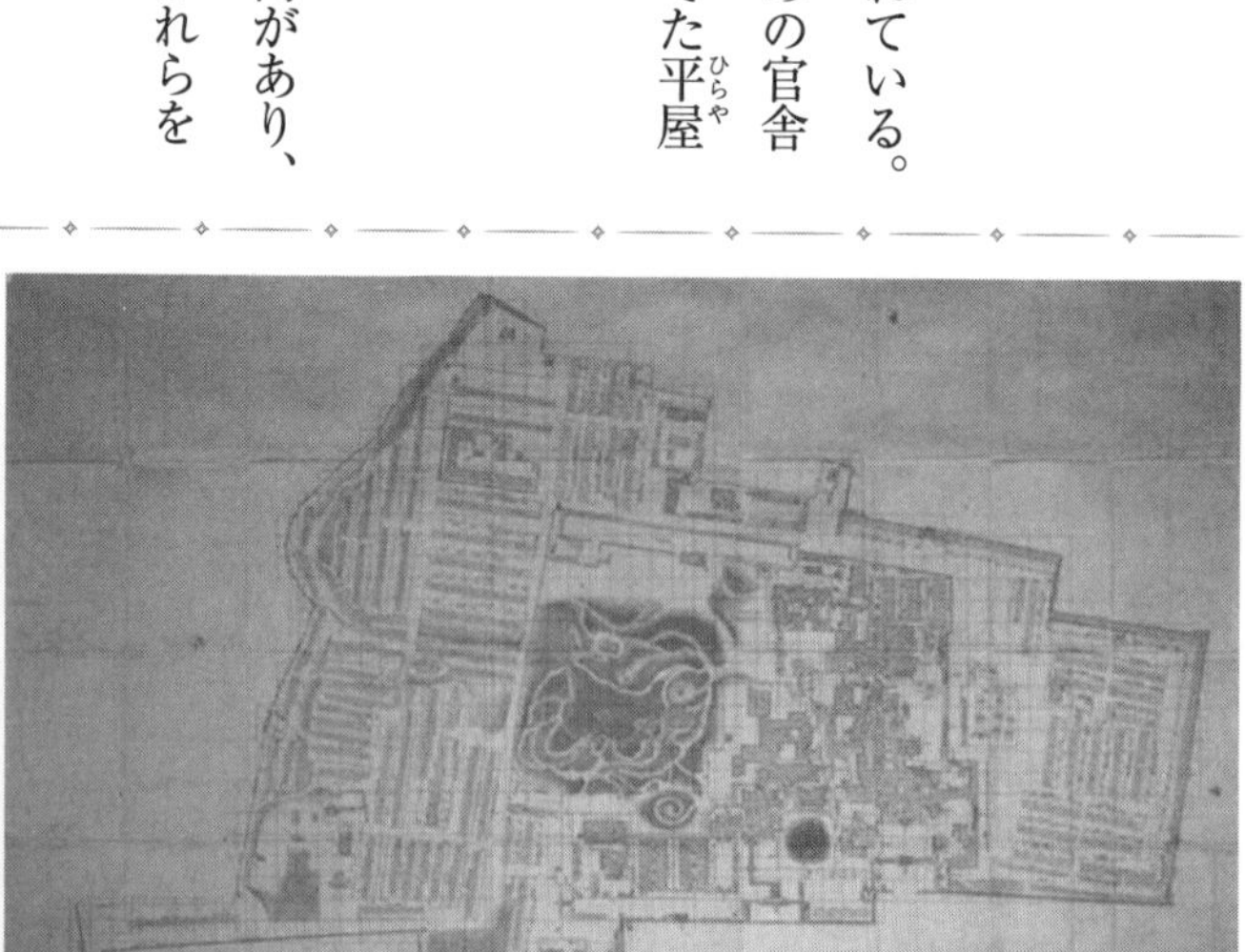

加賀藩江戸上屋敷（「江戸御上屋敷惣御絵図」）

都市のなかにあるとはおもえないほどに閑寂で、その上、御雇い外国人たちが新政府の官衙《かんが》★38や学校（開成所や医学所）に通うのにも遠くなかった。いい場所をみつけたものである。

加賀藩の華麗さは、こんにちなお、たいていの人が知っている。

百万石（それ以上だったが）という、大名第一等の大封《たいほう》★39をもちながら、幕府への遠慮からことさらに武の印象をおさえ、学問と美術工芸を奨励した。このため藩都の金沢は、小京都といっていいほどに優美であった。

「加州は、天下の書府」

などともいわれた。書府とは、図書館のことである。そういったのは、新井白石《あらいはくせき》★40（一六五七～一七二五）が最初らしく、かれはしきりに借りだしては、詞藻《しそう》★41を肥やした。

天下の書府であり得るようになったのは、前田家五代目の綱紀《つなのり》★42からである。かれはながい在位中、金に糸目をつけずに和漢の古典をあつめ、また写本をさせ、さらにはかれ自身がさしずして古典の編纂などをし、数人の書物奉行を置き、収集と整理と管理をさせた。

工芸の伝統としては、九谷焼や漆器がある。また能もさかんで、〝加賀宝生《ほうしょう》〟とよばれる伝統を発達させた。

★38 役所や官庁のこと。

★39 広大な領地。

★40 江戸時代中期の儒学者、政治家。六代将軍徳川家宣《いえのぶ》（85ページ注122参照）、七代将軍徳川家継《いえつぐ》に仕えて幕政に参加し、学問や教育によって人の心をおさめる「正徳の治《しょうとくのち》」を行った。

★41 詩文の才能を高めること。

★42 前田綱紀。一六四三年～一七二四年没。三歳で加賀藩（石川県）の第五代藩主となる。東京都目黒区にある尊経閣《そんけいかく》文庫と呼ばれる図書館の基礎を築いた。

さらにいえば、前田家は江戸での人気にも心くばりした。江戸の大名火消《びけし》で、「加賀鳶《とび》」といえば、大そうな評判であった。

領内の統治力も、なかなかのもので、〝政治は加賀〟といわれたりした。

本来、加賀を中心とする北陸は、難治《なんち》の地方といわれた。

なにしろ、室町末期から加賀国を中心とする北陸諸国は「百姓の持《もち》たる国」などといわれ、領国大名を成立させず、国人《こくじん》・地侍《じざむらい》層が連合し、本願寺（一向《いっこう》宗・門徒・浄土真宗）の寺々を核にして結束し、ものごとは合議の上できめてきた土地なのである。

信長の北陸進攻によってそれがくずれ、秀吉政権になって、武士と農民の区別がたてられた。国人・地侍の多くが百姓にさせられた。

この大変革に反対して肥後《ひご》★43などは国人・地侍による一揆がおこって大騒動になったが、北陸はさほどではなかった。

前田家の歴世のことについてふれておきたい。

信長の時代、一部将として北陸に入った前田利家★44（一五三八〜九九）は、若いころから秀吉の朋輩《ほうばい》として親しかったために秀吉の世になると、優遇された。秀吉の晩年には、

★43 現在の熊本県。

★44 まえだ・としいえ＝加賀藩主前田家の祖。はじめ織田信長《おだのぶなが》に仕えて数々の戦功をあげ、のちに羽柴《はしば》（豊臣《とよとみ》）秀吉《ひでよし》について加賀国二郡を加増され、居城を金沢に移す。五大老《ごたいろう》の一人として、秀吉の子の豊臣秀頼《ひでより》を補佐した。

★45 豊臣政権での最高の職制。徳川家康、前田利家、毛利輝元《てるもと》、小《こ》早川隆景《ばやかわたかかげ》（死後は上杉景勝《かげかつ》）、宇喜多秀家《うきたひでいえ》の五人が任じられた。

★46 徳川家康率いる東軍と石田三成《みつなり》率いる西軍が美濃国《みののくに》（岐阜県南部）関ケ原で繰り広げた合戦。西軍は大敗し、三成らは処刑され、家康が天下を握った。

★47 一五四七年〜一六一七年没。名は松。十二歳の時に前田利家に嫁ぎ、十一人の子をもうけた。

徳川家康とならび、豊臣家の五大老★45のひとりになる。

利家が世に信用があったのは、質実で、ことばに信があり、壮語をせず、まして天下をねらうような野望をもたなかったことである。日常、優しさもあって、ひとから無用にうらまれるようなところはなかった。民政についてもできるだけ反発を避けつつ、豊臣政権の大方針である兵農分離をたくみにやった。

さらに前田家にとって運のいいことは利家が関ヶ原★46（一六〇〇）の前年に死んだことである。

前田家としても、豊臣恩顧は利家までで、子の代になると、その点が身軽になる。

秀吉の死後、豊臣家は石田三成派と徳川家康派に分裂したが、前田家はこの内紛にじかにひきこまれずにすんだ。ついでながら利家の晩年の石高《こくだか》は、八十三万五千石だった。

利家の未亡人芳春院《ほうしゅんいん》★47は、頑質な利家とはちがい、なかなかの政略家だった。

彼女は、徳川の世に賭けた。若いころからの友達だった秀吉の未亡人高台院★48（北政所《きたのまんどころ》）と語らい、家康方に加担すべく、みずから江戸にゆき、人質になった。離れ技《わざ》といっていい。

第二代利長《としなが》★49は関ケ原では本決戦に参加しなかったものの、在国のまま徳川方に属し、戦後、加賀、越中、能登三カ国百二十万石を領した。この利長も、幸い旧恩ある豊臣家のほろびを見ず、慶長十九（一六一四）年、★50大坂冬ノ陣のとしに死んだ。

利家の死後は出家し、京都大徳寺の敷地内に前田氏の菩提《ぼだい》寺となる芳春院を建てた。

★48 こうだいいん＝一五四九年～一六二四年没。名はねね（おね）。秀吉が関白になるとともに北政所と称される。秀吉の死後は出家して高台院と号し、京都に高台寺を建てた。

★49 前田利長。一五六二年～一六一四年没。父・利家とともに織田信長・豊臣秀吉に仕える。父の死にともない五大老の一員となるが、帰国。徳川家康に加賀国征伐の動きが見られると、母の芳春院を人質《ひとじち》として江戸に送って和解し、関ヶ原の戦いでは東軍に味方した。

★50 慶長十九（一六一四）年冬、家康が京都方広寺《ほうこうじ》の鐘銘を口実に、豊臣氏を攻めた戦い。決着がつかず、一旦和議が結ばれた。

そのあと、弟の利常《としつね》[★51]（一五九三〜一六五八）が相続した。利常は、徳川初期のもっとも困難な時期に、前田家の安泰を保った。

この時期、徳川幕府はすでに地盤がかたまり、官僚体制がよく作動しはじめていた。幕府官僚が、豊臣恩顧の大名をしきりにとりつぶしはじめたのである。広島城主福島正則[★52]の家も、肥後の国主加藤清正[★53]の家も、会津若松で四十万石という大封《たいほう》を領した加藤嘉明《よしあき》[★54]の家もつぶされた。

前田家などは、第一等の標的だった。

寛永八（一六三一）年、前将軍秀忠[★55]が、死の病いに臥した。それを好機として前田家が謀反《むほん》をくわだてているというのである。幕府の智恵者がながしたものにちがいなかった。

その証拠に、金沢城を修補しているではないか、という。また輸送用の大船を買い、あるいはかつての戦功者の子孫をしきりに優遇しているという。つぎの戦争にそなえてのことであろう、というのである。

利常はおどろき、弁明のために江戸に出てきて将軍家光[★56]に謁見を乞うた。が、ゆるされなかった。

家老横山大膳康玄《やすはる》は死力をつくして幕閣の要人たちを歴訪して弁明につとめたために、ようやく疑いが晴れた。

★51 前田利常。利家の四男で三代目藩主。二代将軍徳川秀忠《ひでただ》の次女を妻に迎える。長男の光高《みつたか》に家督を譲るが、光高の急死により、孫の綱紀の後見人として再び藩政を担った。

★52 ふくしま・まさのり＝一五六一年〜一六二四年没。幼少より豊臣秀吉に仕え、織田信長死後に起こった賤《しず》ケ岳《たけ》の戦いでは「七《しち》本槍《ほんやり》」の筆頭として戦った。関ケ原の戦いでは東軍に属し、戦後に安芸国《あきのくに》（広島県西部）と備後《びんご》国《くに》（広島県東部）を与えられる。

★53 かとう・きよまさ＝一五六二年〜一六一一年没。幼少より豊臣秀吉に仕え、賤ケ岳七本槍の一人に数えられる。関ケ原の戦いでは東軍についた。

★54 一五六三年〜一六三一年没。賤ケ岳七本槍の一人として活躍。

利常はこの事態によほどこりたらしく、徳川家やその一門の大名と婚姻関係をむすび、さらにはハナ毛などをのばし、殿中、痴呆をよそおったといわれている。

利常がただならぬ名君だったのは、〝改作法〟とよばれる精密な農政をすすめて、加賀藩の財政的基礎をつくったことでも想像がつく。さらには、幕府にとって自分がめざわりだろうとおもい、四十半ばすぎで子の光高《みつたか》★57に世をゆずった。

すでに光高には水戸徳川家の娘を娶《めあわ》せ、幸い、世嗣《よつぎ》の綱紀《つなのり》もうまれた。綱紀に徳川家の血が入ったことになる。

ところが、光高は夭折《ようせつ》した。

利常はやむなく幼少の孫、綱紀のために後見し、綱紀の夫人として、将軍家光の弟である会津藩主保科《ほしな》正之★58の娘をめとり、徳川家との縁をつよくした。

前田家は、なみたいていでその家を保持したのではなかったのである。ついでながら、封建時代の正義は、家を保《たも》つことにあった。

五代目の綱紀も、名君だった。その上、かれは前田家で最初ともいうべき教養人でもあった。

この前田綱紀（一六四三～一七二四）によって、加賀前田家の家風が確立する。前田家では「松雲公《しょううんこう》」とよぶ。

関ケ原の戦いでは東軍に属し、戦後に伊予国（愛媛県）松前《まさき》二十万石の大名となる。大坂ノ陣でも戦功をあげ、陸奥国会津《むつのくにあいづ》（福島県西部）四十万石を与えられた。

★55 徳川秀忠。一五七九年～一六三二年没。第二代将軍。慶長十（一六〇五）年に家康から将軍職を譲られたが政治の実権は大御所《おおごしょ》となった家康が握り続けた。

★56 徳川家光《いえみつ》。一六〇四年～一六五一年没。第三代将軍。武家諸法度《ぶけしょはっと》や参覲交代といった制度を整備し、江戸幕府の政治の基礎を築いた。またキリシタンを弾圧し、鎖国体制を強化した。

★57 前田光高。一六一六年～一六四五年没。前田利常の長男。徳川光圀《みつくに》の姉を妻に迎えたが、三十歳の若さで急死した。

なにしろ、七十八年というながい在位なのである。

将軍の代でかぞえると、三代将軍家光の正保二（一六四五）年、三歳で家督を継ぎ、八代将軍吉宗★59の享保《きょうほう》八（一七二三）年に隠居した。六代の将軍につかえたことになる。在世中、領国の政治にゆるみがなかった。新田開発などの経済の面だけでなく、一種の社会福祉政策もやったことで知られる。

かれの代になってようやく前田家は安泰になったといえるようで、江戸城における謁見の席も、外様《とざま》大名ながら、御三家に準ずるものだったといわれる。

綱紀の代のある時期まで、江戸における前田家の上屋敷は、江戸城の龍《たつ》の口《くち》にあった。龍の口というのは辰《たつ》という方角（東から南へ三十度）のことではなく、江戸城内堀の和《わ》田倉《だくら》堀の余《あま》り水が、石樋によって道三《どうさん》堀におとされるさまがあたかも龍が水を吐いているようであったため、そんな地名がついた。いまの千代田区丸の内一丁目のあたりである。

この屋敷は、明暦《めいれき》三（一六五七）年一月の振袖《ふりそで》火事（明暦の大火）という江戸時代最大の火事で焼けた。

火もとは、当時閑散としていたはずの本郷丸山の本妙寺で、火は乾《いぬい》（北西）の烈風に

★58 ほしな・まさゆき＝一六一一年〜一六七二年没。陸奥国会津藩（福島県会津若松市周辺）の藩祖。徳川秀忠の四男として生まれ、信濃国《しなののくに》（長野県）高遠《たかとお》藩主保科正光の養子となり、のちに会津二十三万石の領主となった。

★59 徳川吉宗《よしむね》。一六八四年〜一七五一年没。幕政の立て直しを図り、倹約の実行や目安箱《めやすばこ》の設置といった享保《きょうほう》の改革を行った。

あおられて江戸市街地ばかりか、江戸城の天守閣をも焼き、内堀の大名・旗本屋敷[60]も灰になった。

その後の防火計画では、空地をつくること、道路をひろくすること、町家の草ぶきを禁じることなどが盛りこまれたが、江戸城のまわりについても、大名屋敷をことごとくとりのぞいて空地とした。

このため、加賀前田家は、移転せざるをえなくなり、代替地《だいがえち》として、本郷に大きな地所をもらった。のちの東大構内の主要部で、本郷から不忍池《しのばずのいけ》にいたる十万三千坪という広大なものであった。

前田家は財政のいい家だった。

が、財政能力をうわまわるほどの豪華さで、あたらしい本郷上屋敷をつくりあげた。むろん、倹約して金を貯めたりすると、幕府から、どんな疑いをうけるかわからないという理由による。

「加賀どのの屋敷は、庭といい、普請《ふしん》といい、みごとというではないか」

と、将軍綱吉《つなよし》[61]（一六四六〜一七〇九）がいったらしいのは、元禄十五（一七〇二）年のはじめか、その前年だったかとおもわれる。

綱吉は、生母桂昌院《けいしょういん》[62]の性格をついだのか、偏執の気味がつよかった。

★60 はたもと＝将軍家直属の家臣のうち、知行高が一万石未満だが将軍に拝謁する資格を持つ家格の者。

★61 徳川綱吉。第五代将軍。学問を推奨し、法律や制度の整備によって秩序の安定をはかる文治政治を行った。生類憐《しょうるいあわれ》みの令と呼ばれる動物愛護の法令を発し、その厳しさから市民の反感を買った。

★62 一六二七年〜一七〇五年没。徳川家光の側室。家光の死後、子の綱吉が将軍になると、大奥で権勢を振るうだけでなく政治にも介入した。仏教をあつく信仰しており、東京都文京区にある護国寺を建立する。

大老や老中《ろうじゅう》による幕閣政治を好まず、権力を一身にあつめ、苛烈に信賞必罰の政治をやり、このため幕臣の気風が萎縮した。結果として、側近（柳沢吉保《やなぎさわよしやす》など）★63に権勢があつまった。

綱吉にほめられた以上は、前田家としては御成《おな》りを乞うほかない。

前田綱紀にすれば、一代の危機というべきだった。

むろん、御微行《おしのび》で綱吉がやってくるわけではなく、側近から老中、若年寄などもくる。警護の番士もくる。

「加賀どのの新邸を拝見したい」

という者が多く、規模がふくれあがって、ついに五千人の供《とも》という前代未聞の招待になった。江戸城の大工の棟梁たちまでくわわったという。

ホテルなどの宴会設備の発達した現代でさえ、こんなおおぜいのパーティはないのではないか。それに、平等社会ではないから、立食パーティで多人数をこなすというやりかたは通用しないのである。

なにしろ階級の世だから、客を同身分ごとにあつめて酒肴《しゅこう》を出さねばならない。老中や側用人《そばようにん》というような権勢の者には、とくに気をつかう。大工のはしばしまで、それ相当の席を設け、酒肴を出すのである。

たとえ将軍や大名たちが満足してくれても、それ以外の者に対して粗相《そそう》があっては、

★63 一六五八年〜一七一四年没。江戸時代中期の側用人《そばようにん》のちに老中。徳川綱吉から厚い信任を受けて文治政治を推進、幕政を主導する。綱吉が亡くなると隠居した。

苦心も水の泡になる。

綱紀は、このために未曾有《みぞう》の借金をした。国許や江戸、あるいは上方《かみがた》の商人からばく大な金を借り、その後、それらを返すのに十数年かかった。

将軍綱吉の半日の遊覧のために、迎賓館ともいうべき御成御殿《おなりごてん》を建てた。敷地八千坪、建坪三千坪、棟の数が四十五という壮麗なものであった。それに伴って、林泉もととのえられた。

さらには江戸詰《づめ》の家臣だけでは手が足りないので、国もとからおおぜいの人数をよびよせた。それらの宿舎を四百棟も建てたというから、もてなす側がいかに大変なものだったかがしのばれる。

当日、将軍綱吉は大いに満足した。

他の五千人も、よろこんだ。

わずか一日の歓《かん》を得るために、この藩は戦争そこのけの総力をあげたのである。

むろん、むなしくもあった。

建坪三千坪という豪華な御成御殿も、翌年の元禄十六（一七〇三）年十一月二十三日にことごとく焼けた。

関東・東海大地震によるものだった。『日本災異志』（小鹿島果《おがしまはたす》編）のそのくだりによると、前日の初夜「電光大ニ閃」いたという。午前二時ごろにいたって、「地大ニ震ヒテ」大地震になった。すべて、一空《いっくう》に帰した。

江戸末期の安政地震（一八五四〜五五）でも、加賀の上屋敷は大きな被害をうけた。安政元（一八五四）年十一月四日の大地震は遠州灘沖が震源地だったらしく、マグニチュード八・四（一九二三年の関東大震災はマグニチュード七・九）で、翌日さらに南海道沖の震源地に、マグニチュード八・四という烈震があった。

さらに翌安政二（一八五五）年十月二日、直下型の江戸地震（マグニチュード六・九）がおこり、そののちも地震が頻発し、安政地震と総称されるが、本郷の加賀藩の上屋敷は安政二年の直下型で潰滅したらしい。

江戸のどの大名屋敷の歴史もそうであるように、加賀藩上屋敷は災害に遭うことが多かった。

明治初年、御雇い外国人の官舎群がつくられはじめたころはいわば廃園にちかい状態であった。この邸趾《やしきあと》に、明治九（一八七六）年、まず医学部（正しくは東京医学校）が移ってきてから、あらためて西洋風に構内が整備された。本郷の明治は、このようにしてはじまる。

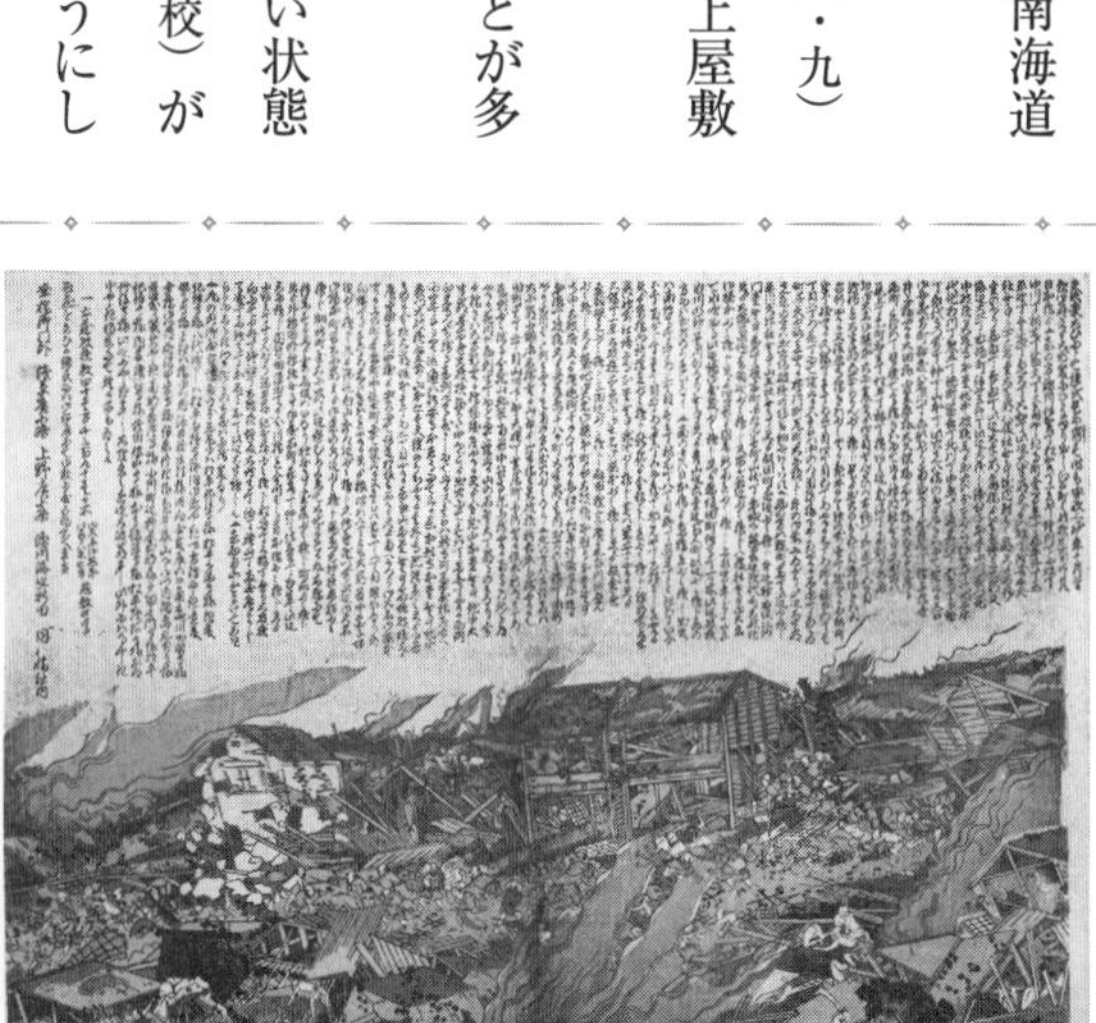
安政二年江戸大地震火事場の図

〝古九谷《こくたに》〟と簪《かんざし》

「……金沢はな、百万石では」

ございません、と金沢へゆくと土地自慢のひとがよくいう。

「百二万五千石です」

たしかにそうである。

それどころか、三代将軍家光の寛永十六（一六三九）年までは、百二十万二千七百六十石だった。

江戸初期、諸大名のあいだで、本藩の封土《ほうど》を割《さ》いて支藩をつくることが流行した。

本藩に血統が絶えた場合、支藩からむかえるという利点がある。

寛永十六年、前田家三代目の利常《としつね》が、四十半ばすぎの若さで隠居したとき、幕府のゆるしをえて、次男利次《としつぐ》のために越中富山十万石を、三男利治《としはる》のために加賀《かが》大聖寺《だいしょうじ》七万石（のち十万石）をそれぞれ分封《ぶんぽう》した。このため本藩は百二万五千石になった。

本郷の加賀屋敷は、ふつう、

「加賀屋敷」

と通称される。しかしじつは本藩・支藩三つの上屋敷が敷地をならべていたのである。『江戸切絵図《きりえず》』★64の「本郷」のなかほどに、大きく、〝加賀中納言殿《ちゅうなごん》〟という大区画がある。

その東南に、〝松平飛騨守《ひだのかみ》〟という小区画と、〝松平大蔵大輔《おおくらだゆう》〟という小区画があるのだが、うっかり見すごしてしまう。富山前田氏も大聖寺前田氏も、松平姓を賜姓されたから、公称としてはそのほうがつかわれる。ただ、絵図に、三区画とも前田氏の梅鉢《うめばち》の紋が打たれているから、注意ぶかくみれば、おなじ前田氏であることがわかる。

こんにち、大聖寺は、惜しくも自治体の名が加賀市になってしまって、JRの駅名にかろうじてその名をとどめている。

分封されたものの、大聖寺藩は冴えない藩だった。財政難でたえず本藩に泣きついたり、本藩へ藩主を出すどころか、本藩から養子として藩主がやってきたりした。

大聖寺藩が歴史にのこした功績としては、九谷焼《くたにやき》がある。

九谷は★65江沼郡山中町《やまなかまち》にあり、山中温泉で知られる。

★64 司馬さんが『本郷界隈』で見ていた切絵図は嘉永《かえい》六（一八五三）年発行の尾張屋板。本書に掲載した切絵図も同じ尾張屋板だが、版が異なるので表記に若干の異同がある（全体図を152、153ページに掲載）。

★65 現在は石川県加賀市。

大聖寺川の上流の谷で、『加州名跡志』に「谷深くして九百九拾九谷あり、略して九谷といふ」とある。当否はべつとして、九谷は山谷《さんこく》の小天地だった。

新藩の初代当主になった前田利治（一六一八～六〇）は、当時はやりの殖産興業政策をとった。金《きん》にあかるい家臣の後藤才次郎《ごとうさいじろう》という者に金鉱をさがさせた。金《きん》はみつからなかったものの、九谷で陶土がみつかった。そこで才次郎が九谷の窯《かま》をおこし、五十年ほどつづいてほろんだ、という。

その五十年間につくられたものを〝古九谷《こくたに》〟という。九谷焼の歴史にはわからないことが多く、後藤才次郎は実在したものの、陶工ではなかった、ともいわれる。あるいは、

――〝古九谷〟とよばれる磁器は実在したか。

というおそるべき――あるいは基本的な疑問さえ、この分野にはある。

そのくせ、私どもは〝古九谷〟を、さまざまな場所でみている。濃厚な色絵が焼造されていて、その色彩の過剰さにおどろかされる。しかし、肥前《ひぜん》の有田焼★66とか伊万里焼《いまりやき》といわれるものに似すぎてはいないか。

〝古九谷〟のことは、しばらく措《お》く。

東大の医学部附属病院構内が、掘られた。

附属病院の全面改築工事によるもので、これにともなって、一九八四年十月以来、工

『江戸切絵図』の本郷（一部）

★66 ありたやき＝佐賀県有田地方産の染め付け、赤絵の磁器。伊万里港を積み出し港としたので伊万里焼とも呼ばれる。

事現場の考古学的調査がおこなわれ、いまもつづいている。

江戸という、多分に文献と伝承によってとらえられてきた文化が、考古学の方法によって、そのほうの学問の対象になったのである。

そのことを、五カ年担当された東大文学部教授藤本強《つよし》★67氏に、著作がある。『埋もれた江戸――東大の地下の大名屋敷』（平凡社刊）という。その前に学問的な報告書として、『東京大学本郷構内の遺跡　医学部附属病院地点』（東京大学遺跡調査室編）という精密な本が出ている。

とくに後者は、考古学という多分にロマンティックな要素をふくむかとおもわれてきた学問が、科学そのものになった印象をあたえる。

私の場合、なによりもおどろいたのは、附属病院の場所が、加賀藩邸でなく、大聖寺藩だったことである。

『東京帝国大学五十年史』（昭和七年刊）の上冊のなかの第一巻第三篇第五章第五節にも、

八年（註・明治）七月本郷元富士町旧加賀藩邸の地に起工す。

★67　一九三六年～二〇一〇年没。考古学者。日本文化の起源の多様性を主張。高松塚古墳の保存問題の解決などに尽力した。

とあり、当時の文部省自身も、加賀藩邸の跡としてきた。が、考古学的方法の強味によって、有無《うむ》をいわせず大聖寺藩邸であることがわかった。「現在、医学部附属病院の用地として利用されている土地の東側の大部分は、大聖寺藩の上屋敷」(『埋もれた江戸』)だったのである。

断わりもなしにうろつくのもどうかと思い、藤本教授にご都合をうかがうと、おもわぬことに現場に案内してくださった。

『埋もれた江戸』によると、十八世紀前半以前は、宴会のための食器は主として土器《かわらけ》(素焼の土器《どき》)や、白木の折敷《おしき》(三方《さんぽう》のように、白木のまま四方を折りまわして縁《ふち》をつけた盆)が用いられた。それに白木の箸である。

粗末というよりも、神事にちかいもので、こういう正式の宴会のことは、「式正《しきしょう》」とよばれていた。

箸や土器《かわらけ》は一度つかえばすてられた。捨て場は、主として大型のゴミ穴で、大聖寺藩邸跡には、そういう穴が、数多く掘られていた(穴は地下式土坑とよばれるもので、ときに階段つきの大型のものもあった、という。この場合は、火事などの場合、大切なものをほうりこんでおくためのものでもあったろう)。

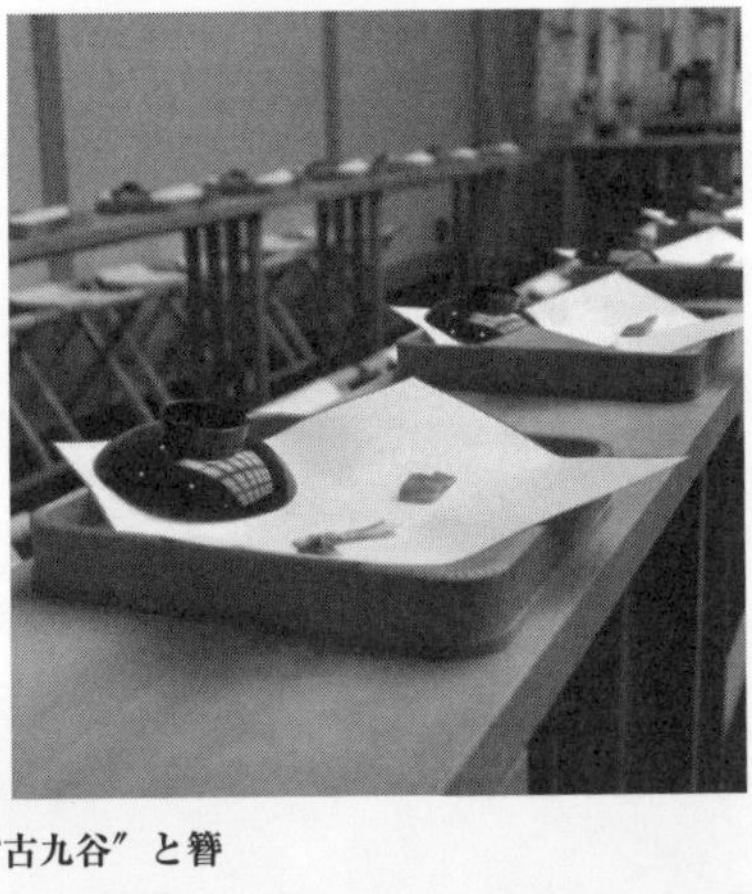

折敷

それが、十八世紀前半になると、

……贅を尽くした磁器・漆器に変化するようである。（『埋もれた江戸』）

さて、陶磁器についてふれたい。

江戸時代の陶磁器は、九州においてもっともさかんだった。

とくに肥前鍋島藩（佐賀県）がこれを財政の一大基礎にすべく、大いに奨励し、またその技術を秘密にした。秀吉の朝鮮侵攻のとき、鍋島家がつれて帰国した陶工李参平《イ・チャムピョン》が、領内を歩いて有用な白磁《はくじ》鉱《こう》を発見したのが、すべてのはじまりになった（一六一六）。李参平が白川天狗《てんぐ》谷《だに》で焼いた磁器が、〝古伊万里《こいまり》〟である。以後、〝伊万里〟という呼称は肥前磁器の愛称になり、ヨーロッパまできこえた。

国内でも、大名や豪商の調度品として沸きあがるような人気をえた。

一六四三年には、★68酒井田柿右衛門《さかいだかきえもん》が★69赤絵付《あかえつけ》を開発し、肥前陶磁の新生面をひらいた。

佐賀藩は、これらの技術が他に知られるのをおそれ、窯《かま》の近くに関所を設けたり、技術者が領外に出ることもきらった。

それほどの秘法が、加賀の九谷という山奥になぜ根づいたのか、よくわからない。

★68 一五九六年～一六六六年没。肥前国有田の陶工。初代柿右衛門。中国の陶器を学び、日本で初めて赤絵付を成功させ国内外に大きな影響を及ぼした。酒井田柿右衛門の名は代々その子孫が襲

前田利治が新設の大聖寺藩主になったのは一六三九（寛永十六）年で、口碑★70を記録した古い資料によると、後藤才次郎を肥前におもむかせ、秘法をぬすませた、という。彼《か》地《ち》で妻をもち、子までなしながら、技術を盗みおわると妻子をすてて逃げかえったというのである。

口碑をにわかに信ずることはできないが、『九谷陶窯沿革誌』その他によると、九谷の下村というところで磁石《じせき》が発見されたという。これによって明暦《めいれき》元（一六五五）年に〝古九谷〟が焼かれはじめた。

はじめは色絵《いろえ》ではなく、呉須《ごす》（コバルト）で、それも技術が古拙である。しだいに色絵になってゆき、技術も飛躍する。

その間どんな事情があったのか、ともかくも〝古九谷〟の歴史はなぞでありすぎる。私はむかし大河内正敏博士（大正から昭和にかけて理研の指導者だった人）の『古九谷』（昭和二十二年・宝雲舎刊）の本を読んで、わずかに知った。いい本だが、かんじんの背景史がなぞだけに、論旨明断でありながら、読めば読むほどわからなくなった。

要するに、〝古九谷〟そのものが、物《もの》の怪《け》めいているのである。

磁器のもとである磁石（他の資料では陶土という）が九谷でみつかったというのも、ほんとうかどうか。

また初期の呉須にしてもそうである。呉須という青インキ色の釉薬《うわぐすり》はコバルト含有の

名している。

★69 上絵《うわえ》付《つけ》と呼ばれる、本焼きした陶磁器に文様を描き再び窯に入れて低温で焼き上げる技法を施した陶磁器の中でも、特に赤色を主として彩色したもの。

★70 こうひ＝古くからのいいつたえ。

鉱物で、大河内博士も、「日本には此《この》鉱物が極めて稀れだ」としておられて、呉須の釉薬は中国から輸入したものだろう、とされる。当時の鎖国下での輸入の経路などをあれこれ想像すると、頭が痛くなる。〝古九谷〟が五十年でおわるのも、ひとつには大聖寺藩の力では、材料の入手が厄介だったせいもあったにちがいない。

ややこしいのは、〝古九谷〟が絶えてから、江戸末期に〝九谷〟がふたたび焼かれたことである。このほうの陶石はすっきりしていて、本多《ほんだ》貞吉《ていきち》★71という陶工が、文化年間(一八〇四~一八)に加賀能美郡金野村★72およびその付近で発見したものという(内藤匡《ただし》著『古陶磁の科学』雄山閣刊)。

この本多貞吉らが再興した九谷焼が、〝中古《ちゅうこ》九谷〟とか、〝吉田屋窯〟とか、〝青《あお》九谷〟とか〝青手《あおて》古《こ》九谷〟などとよばれる。

ガラス質の色釉薬《いろゆうやく》を用い、緑、黄、紫、紺青の四彩がつかわれて、はなはだ濃厚なものである。

しかし色絵の釉薬が、加賀のどの地に産したかとなると、想像が心細くなる。

ひょっとすると、大メーカーである肥前からとりよせたか、という疑問もあり、さかのぼって、〝古九谷〟というのは、じつは肥前製だったのではないか、という説まで出た。

★71 一七六六年~一八一九年没。肥前国島原(長崎県)出身。加賀藩は、貞吉を職長として若杉陶器所という組織をつくり、全国から陶工を集めた。

★72 現在は石川県小松市。

幸い、昭和三十四年、大聖寺藩の旧領である山中町文化財保護委員会の手で九谷の古窯趾の調査がおこなわれたところ、陶片二百片が採取されて、九谷で焼かれたことがはっきりした。

その後、昭和四十五年の発掘調査で、江戸後期までの窯跡がみつかり、陶片五千片が出土して、江戸時代、〝古九谷〟もその後の〝青九谷〟も、九谷で焼かれたことが、まぎれもないことになった。

それにしても、色絵の釉薬や陶石（磁石《じせき》・瓷石《じせき》）はどのようにして入手していたのだろう。

加藤唐九郎《とうくろう》編『原色陶器大辞典』（淡交社刊）の「陶石」の項をみると、「九谷焼の原料である陶石は、産地によって花坂石・正蓮寺石・鶴の山石・五国寺石などの名称で呼ばれている」とあって、いずれも加賀産であるとされている。

藤本教授の研究分野は先史考古学で、人類の農耕の起源をつきとめたいという雄大な主題をもっておられる。

しかし、大学の足もとから〝江戸時代〟が出てきた以上、大きな人類的な空間から、小さくて精密な近世の空間のほうに足をとどめざるをえず、このあたり、微笑ましくも、お気の毒なような気がする。

遺構から、多くの陶磁器が出てきた。

そのなかに〝古九谷〟らしいものもまじっていたことが、予期されていたとはいえ、重大なことであった。

〝古九谷〟の色絵というのは、釉薬で濡らした本体を、窯からとりだした上で、色絵の釉薬で絵付《えつけ》するのである。そして、再び焼く。

色絵の釉薬のほうは、火事に遭《あ》うと、とけやすい。

出土した〝古九谷〟は絵付が落ち、〝古九谷〟であるかどうかもわかりにくかった。何人かの研究者に見てもらうことによって、まぎれもないほんものであることが確定した。

火事が、天和二（一六八二）年のものだとはっきりしているから、出土した〝古九谷〟は、古窯が現役だったころのものである。

出土陶磁の化学的分析は名古屋大学名誉教授の山崎一雄博士が手がけ、解析は京大原子炉研究所の藁科《わらしな》哲男・東村武信の両氏がうけもった。

その結果、〝古九谷〟には肥前産の陶石をつかったものと、九谷産の陶石をつかったものと、それぞれ存在していることがわかった。〝古九谷〟の正体がわかり、研究が、大きく前進したことになる。

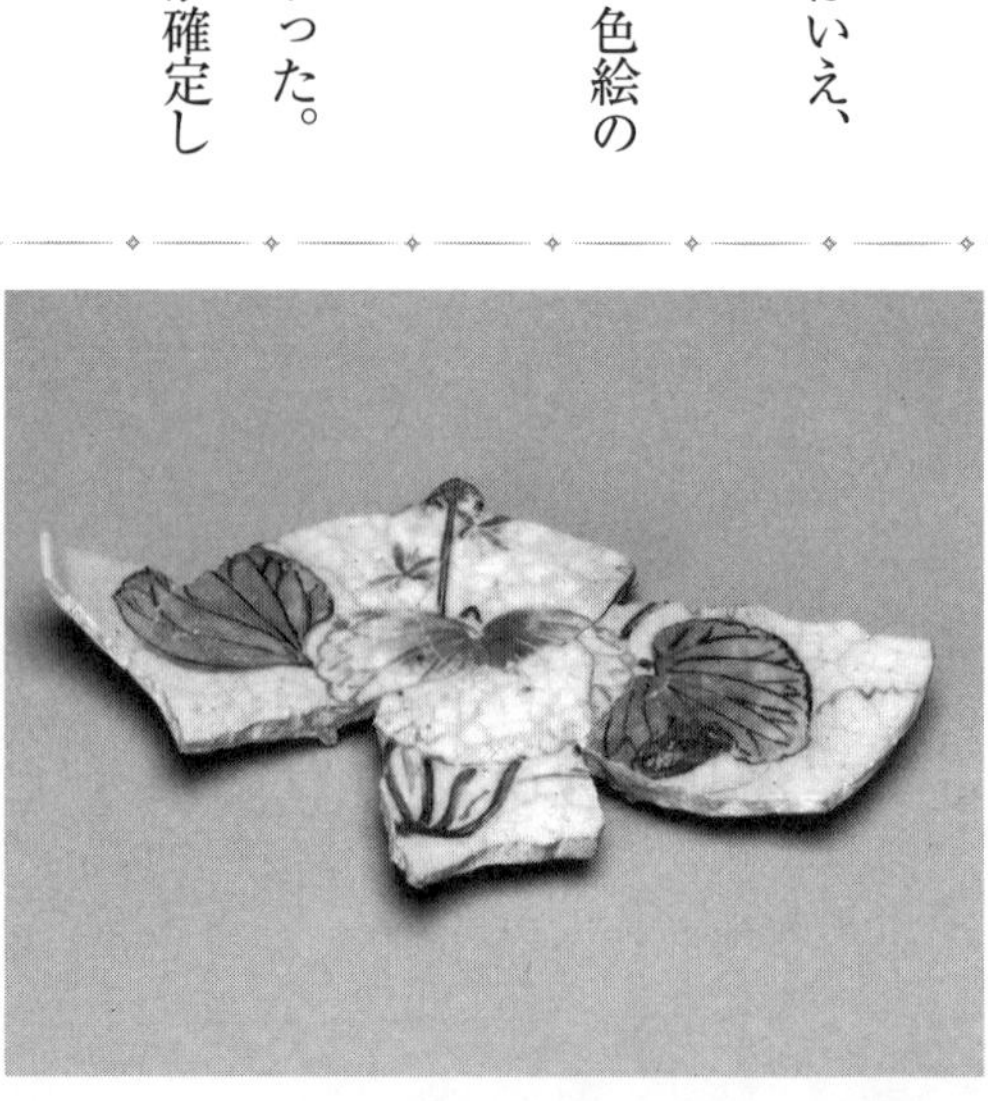
大聖寺藩邸跡から出土した古九谷皿片

遺構は、私ども素人からみると、穴ぼこだらけである。現場には、ヘルメットをかぶった研究員の人がひとりだけいて、そのひとが厠《かわや》の穴を調べていると、糞土のなかからりっぱな簪《かんざし》が一個出てきたという。

つい、うつくしい御殿女中を想像せざるをえなかった。彼女は、後架《こうか》★73に大切なものを落としてしまったことを一生くやしがったにちがいなく、その後、数百年経ち、藩邸が病院になり、その病院も古び、建てかえられることになって、ようやく陽の目をみた。

どうも、持ちぬしの〝気〟が残っていそうな出土品である。

水道とクスノキ

人の暮らしは、水でなりたっている。江戸の水道については以前のべたからあらためて詳説しないが、こんど神田界隈の低地から本郷台にのぼってゆくについて、江戸時代の水道設備の遺構を見たかった。

★73 便所のこと。禅寺で、僧堂《そうどう》の後ろに架け渡しで洗面所や便所があったことから。

「神田上水石樋《じょうすいせきひ》」

とよばれる遺構である。本郷台の南端にのこされている。

徳川家康が江戸に入ったのは天正十八（一五九〇）年であることを、「神田界隈」★74以来、くりかえしふれてきた。

その草創の最大の事業のひとつが、上水道を設けたことであることも、幾度かふれた。その設計と施工を家臣大久保藤五郎忠行《おおくぼとうごろうただゆき》に命じた。藤五郎がそれを成功させたので、家康はほうびとして、

「主水《もんど》」

という名をあたえた。

主水というのは、古語である。奈良・平安朝のころの役職名で、語源はモヒトリだという。

『岩波古語辞典』★75（大野晋氏らの編）の「もひ」の項をひくと、「水を盛る器」とあり、転じて飲み水のことをいうようになった。モヒトリとは、貴人のための飲料水を管理する役人をさし、やがてモヒトリがモンドとなった（といって、奈良・平安朝に上水道があったわけではない）。

家康は、さらにいった。

「もんど（主水）では水が濁るようでよろしくない。もんとと澄《す》んで訓《よ》め」

★74『街道をゆく36』に収録。本シリーズ版も発行されている。

★75 おおの・すすむ＝一九一九年～二〇〇八年没。言語学者、国語学者。日本語の起源の研究をすすめた。著書に『日本語練習帳』など。

家康の上水道の成功にかけた期待の大きさが窺《うかが》える。

JR御茶ノ水駅から水道橋方面に歩くと、途中、順天堂大学がある。背後に、本郷台を背負っている。

大学の建物は道（油坂《あぶらざか》）によって左右にわかたれており、その油坂を北にのぼると、本郷台のはしの「本郷給水所公苑」にゆきつく。

公苑というかたちで、東京都が江戸水道の遺構を保存しているのである。

どうも、大久保藤五郎の上水道は、ごく小規模なものであったらしい。

堀越正雄氏は、一九一五年うまれで、東京の水道局のはえぬきのひとである。昭和十一（一九三六）年に東京水道局に入り、在職中、明治大学に通って、地理歴史を専攻した。以後、水道史を研究し、著作が多いが、『水道の文化史』（鹿島出版会刊）や『井戸と水道の話』（論創社刊）によると、その後、大規模なものになる江戸水道も、藤五郎の草創期ではごく小さな規模だったらしい。

藤五郎は命をうけて小石川に水源を求め、最初は手近な小石川目白台下あたりの流れを利用して小石川上水をつくり、神田方面に導いた。（『井戸と水道の話』）

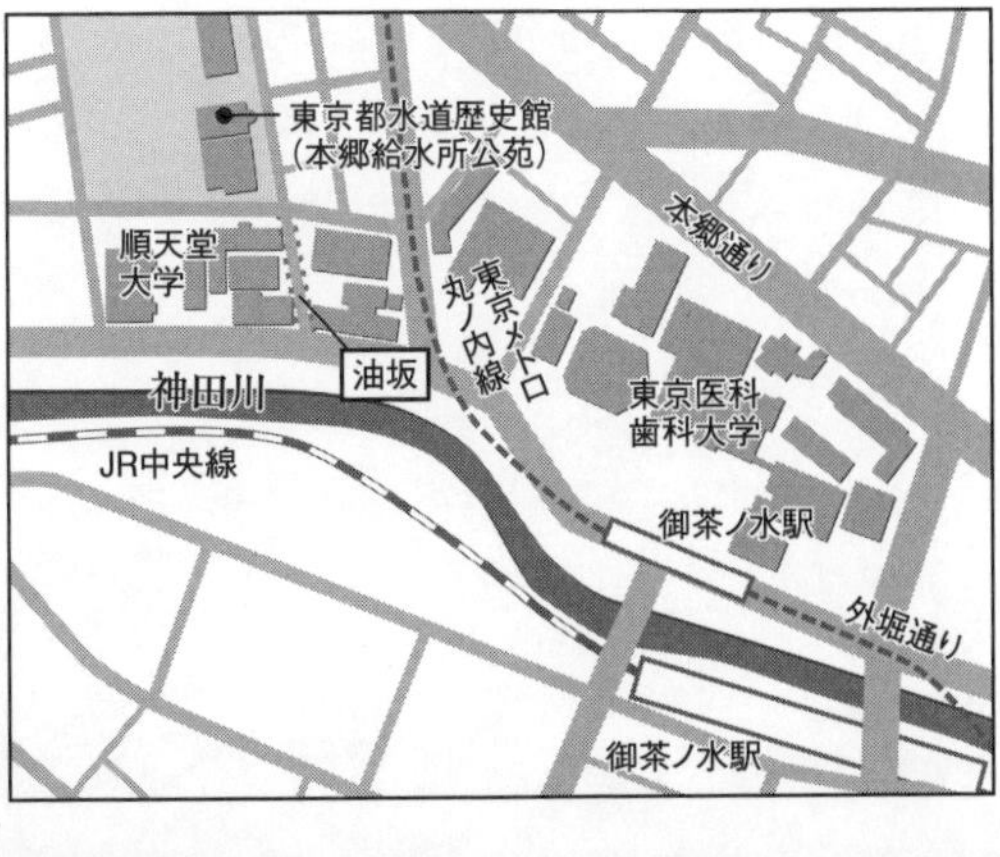

油坂あたり

藤五郎の時代は、その後の江戸水道の特徴である給水装置――木樋や石樋を埋めこんで四方に水を送る構造――は用いられておらず、露天流水だったようである。

私は、

「本郷台」

という地理的呼称を無定義につかっているが、武蔵野台地の東端の台地をさし、江戸時代の村の名である湯島、駒込《こまごめ》、小石川、さらには本郷をふくめる。ただ、この稿では、できるだけ江戸期の本郷村の界隈だけに限定しようとしている。

小石川は起伏に富む本郷台のなかでも代表的な谷で、小石川という細流がながれていた。藤五郎の小石川上水は、江戸初期、神田上水へと発展してゆく。

遺構公苑は、給水所の上にある。

公苑には芝生がうえられ、樹木が息《いき》づき、遊歩道がめぐらされている。むろん、主役は江戸水道の遺構である。坑の両側が石垣でかためられ、坑の上には石板のふたが、ずっしりとかぶせられている。

掲示板によると、石樋構造は、昭和六十二（一九八七）年、工事現場で発掘されたそ

神田上水石垣遺構

うである。発掘現場は、本郷一丁目先の外堀通りだったという。

本郷一丁目といえば、地図によると、そのあたりに水道橋（神田川にかかる）があり、桜蔭学園や宝生《ほうしょう》能楽堂、工芸高校、昭和第一高等学校、元町小学校などがある。

忠弥《ちゅうや》坂というのもある。

江戸初期の慶安四（一六五一）年、★76由比正雪《ゆいしょうせつ》（一六〇五～五一）が謀主になって、幕府転覆がくわだてられた。

正雪の一味に、丸橋忠弥《まるばしちゅうや》という単純で軽率な槍の使い手がいて、外堀のあたりを歩いているとき、煙管《きせる》でもって堀の深さだか幅だったかをはかる。その場面が、芝居の名場面として出てくる。

水道遺構が発見された工事現場は、忠弥坂から遠くない。

石造であるということにおどろかされる。江戸付近には石材のための石がなかったから、どこか遠くから運ばれてきたものにちがいない。

幸い、★77杉本苑子氏の撰文による碑がある。


この上水は、井の頭池を水源とする神田川の流れを、現在の文京区目白台下に堰を設けて取水し、後楽園のあたりからは地下の石樋によって導き、途中、掛樋で神田川を渡して、神田・日本橋方面へ給水していました。

本郷一丁目

★76 江戸時代前期の軍学者。江戸で塾を開き、旗本や浪人など多くの門弟を抱えた。同志たちとともに幕府転覆を企てるが、内部からの密通により事前に計画が漏れたために、自ら命を絶った。

★77 すぎもと・そのこ＝一九二五年～。小説家。『孤愁の岸』で直木賞受賞。歴史小説を数多く発表する。二〇〇二年、文化勲章を受章。

……四百年近く土中に埋もれていたにもかかわらず原型を損なわず、往時の技術の優秀さ、水準の高さを示しており、東京の水道発祥の記念として、永く後世に伝えるため移設復原されたものであります。

水道のはなしから、離れる。

江戸末期の本郷界隈の切絵図《きりえず》★78をながめていると、本郷一丁目のあたりに壱岐殿坂《いきどの》というのがあって、いまは壱岐坂になっている。

江戸切絵図のなかの壱岐殿坂からすこし北に入ると、

「甲斐庄《かいのしょう》　喜右衛門」

という相当な区画（千石、二千石ほど）の旗本屋敷がある。いまの地図でいうと、東洋女子短大★79から北へ入ってすこしまがったあたりである。いまも都心とはおもえないほどの閑静な通りである。

その甲斐庄喜右衛門の屋敷跡に、いまも一樹で森をおもわせるほどのクスノキがそびえている。このあたりは、以前は弓町《ゆみちょう》といい、いまは本郷一丁目二十八番三十二号になっている。

矢田挿雲《そううん》（一八八二〜一九六一）が、大正九（一九二〇）年から数年、「報知新聞」に

★78 152、153ページ参照。

★79 現在は東洋学園大学本郷キャンパス。

本郷のクスノキ

連載した『江戸から東京へ』にも、このクスノキが出てくる。江戸時代、〃本郷のクスノキ〃とよばれて有名だったという。

高さ六丈、幹囲一丈六尺に及ぶ魔の如き大楠《おおくすのき》が、濃淡各種の若葉をつけて空行く雲をさえぎっている。

ここは旗本甲斐庄氏の屋敷跡で、甲斐庄氏は南朝の忠臣 楠正行《くすのきまさつら》の子孫が、甲州に逃れて世を忍ぶために用いた仮名《かりな》であるが、その後江戸に出て徳川氏に仕え、偶然にも右の大楠の下に住居を定めることとなった。

このクスノキは、いまは区の保護指定になっている。樹齢六百年といわれる。

甲斐庄氏については、右の矢田挿雲の記述はすこしちがっているかもしれない。

私は、大阪府に住んでいる。

いまの住まいから、河内国《かわちのくに》と大和国《やまとのくに》のくにざかいの金剛《こんごう》・葛城《かつらぎ》の山なみがみえるのだが、いうまでもなく金剛山は、鎌倉末から南北朝時代に活躍した楠木正成★80（?〜一三三六）の根拠地であった。

甲斐庄というと、矢田挿雲が錯覚（?）したようについ甲斐国《かいのくに》（山梨県）とおもわれがちだが、河内国（大阪府）の地名である。正成の根拠地だった金剛山の山中の千早赤《ちはやあか》

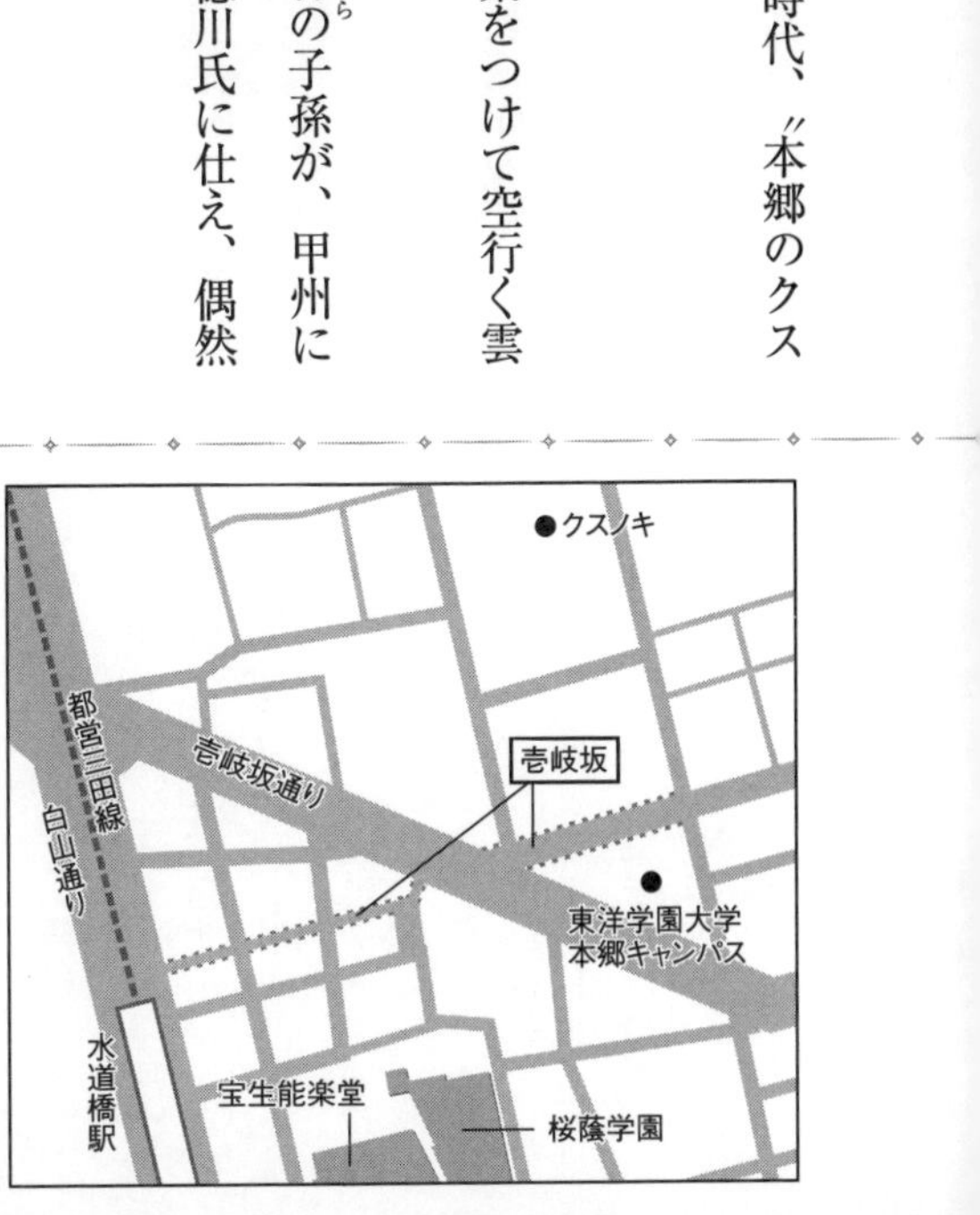

壱岐坂あたり

★80 くすのき・まさしげ＝南北朝時代の武将。後醍醐《ごだいご》天皇の鎌倉幕府討伐の呼びかけに応じて兵を挙げ、幕府軍を相手に奮戦する。建武《けんむ》政権下では河内・摂津《せっつ》の守護となるが、新政府に反する足利尊氏《あしかがたかうじ》・直義《ただよし》兄弟と戦って敗れ、自刃した。

阪村《さか》の西麓の野にあったらしい。

いまは、河内長野市《かわちながの》になっている。平安朝以後室町時代あたりまでの荘園《しょうえん》の名で、いまは地名としてはのこっていない。

よく知られているように、楠木正成（楠は、正しくない）の家は鎌倉幕府の御家人《ごけにん》★81という体制的な存在ではなく、当時しばしば〝悪党〟（非正規の武士）とよばれていた豪族だった。当然ながら、河内や和泉《いずみ》の諸豪と類縁をむすんでいたから、その勢力圏の足もとにある甲斐庄の豪族とも、嫁とり婿とりをしていたはずである。

正成は多年の奮戦にもかかわらず、歴史はかれに味方せず、没後も、室町幕府の反逆者としてあつかわれた。ただ、人柄がよく、兵法《へいほう》がみごとだったことについては、『太平記』★82が生彩をこめて語っている。

星霜をへて、戦国末期、徳川家康がまだ遠州浜松城主だったころ、甲斐庄兵右衛門正治《まさはる》という河内国錦織《にしごり》（錦部）郡の者が浜松にやってきたので、家康はこれを家臣団に加えた。

当初は、二百石であった。察するに、その人物が近畿の地理や情勢にあかるかったため、すでに秀吉の傘下《さんか》に入っている家康としては、大坂付近の事情を知るうえで、召しかかえたのかとおもわれる。

戦場にあってもよき武者であった。天正十八（一五九〇）年の小田原の役《えき》★83に従軍し、

★81 将軍と直接主従の関係を結んだ武士。将軍に忠誠をつくす代わりに、所領などを与えられた。

★82 南北朝時代の軍記物語。全四十巻から成る。後醍醐天皇の倒幕計画に始まり、南北朝の対立に至るまでの約五十年間の歴史過程を、漢語を交えた和漢混交文で華麗に描く。

★83 おだわらのえき＝豊臣秀吉《とよとみひでよし》が北条氏政《ほうじょううじまさ》・氏直《うじなお》父子を攻め滅ぼした戦い。これにより秀吉の全国制覇が完成した。

その子喜右衛門正房《まさふさ》の代で六百石に加増されている。

この初代喜右衛門である正房はよほど家康から信頼されていたのか、慶長五（一六〇〇）年の関ケ原には大番《おおばん》の組頭《くみがしら》（親衛隊長）として従軍している。さらに同十九年の大坂冬ノ陣のときは、独立部隊をひきいて河内道明寺に駐屯し、地元の反乱をおさえこんだ、というから、先祖以来の河内における地縁や人の縁はつづいていたのにちがいない。

その功によって甲斐庄氏は、先祖の地である河内国錦織郡をもらい、二千石を知行《ちぎょう》★84するまでになった。

江戸幕府は、家系に関心のふかい政権だった。

三代将軍家光の寛永十八（一六四一）年から二年の歳月をかけ、諸大名や旗本の家譜★85を官修で編纂した。『寛永諸家系図《けいず》伝』が、それである。

そこに甲斐庄氏の家譜が出ている。先祖は楠正成（楠木正成）だという。正成の直系ではないにせよ、まわりまわっての後裔《こうえい》だというのである。

のちに官修された『寛政重修諸家譜《かんせいちょうしゅうしょかふ》』（一七九九年に編纂開始）にもそのようになっていて、ついでながら、寛政時代の甲斐庄氏は、知行四千石というたいそうな旗本になっている。

楠木正成が史書のなかで正義の立場をあたえられるのは朱舜水《しゅしゅんすい》★86（一六〇〇～八二）に

★84 将軍や大名が家臣に与える土地のこと。また、その地を治めること。

★85 かふ＝その家の系譜や系図。

★86 中国・明《みん》末清《しん》初の儒学《じゅがく》者。明王朝復活を図るも失敗し、一六五九年に日本に渡る。徳川光圀《みつくに》に招かれ、水戸学に大きな影響を与えた。

よる水戸★87史学の出発からだが、江戸期でもなお足利氏の末裔のほうが重んじられた。先祖は正成です、といったところで、かならずしもトクなわけではなかった。

ただ軍学の〝流祖〟にまつりあげられた。『太平記』を軍学的に読む者が、楠木流の軍学というものを唱《とな》えはじめたのである。さきに忠弥坂のくだりでふれた浪人軍学者由比正雪も、その一派だった。正雪は駿河《するが》（静岡県）の由比の紺屋《こうや》★88のせがれにうまれたが、いつわって楠木氏の末葉と称し、塾を神田の連雀《れんじやく》町でひらいていた人物である。

上水道のはなしやら、由比正雪のはなしや楠木正成のはなしやらが出たが、要するに〝本郷のクスノキ〟にふれたかったのである。

クスノキは、ふつう樟の字があてられる。老木になっても壮《さか》んで、雄大な樹冠をなし、★89樟脳《しょうのう》が採れることでもわかるように、つよい芳香を蔵している。

私は大樟《おおくす》をずいぶんみた。空海★90の生地の讃岐《さぬき》（香川県）の善通寺★91のクスや薩摩《さつま》（鹿児島県）の蒲生《かもう》町★92の〝蒲生のクス〟、福岡県太宰府《だざいふ》のクスなどを見てきたが、東京の都心にこれだけのクスがあろうとはおもわなかった。

甲斐庄氏の先祖がここに屋敷地をもらった江戸初期にはすでに樹齢二百年以上だったろうから、この木は家康の江戸入りから幕府瓦解までをたっぷりながめてきたことになる。

★87 歴史書『大日本史』を編纂《へんさん》する過程で水戸《みと》藩（茨城県）に成立した学問。儒学の思想を中心に、国学や神道などを取り入れている。尊王《そんのう》思想を唱え、のちに攘夷《じょうい》論と結びついて幕末の尊王攘夷運動に大きな影響を与えた。

★88 染物屋《そめものや》。

★89 血行促進や鎮痛などの作用がある。外用医薬品や衣服の防虫剤などに使用される。

★90 くうかい＝弘法大師《こうぼうだいし》。七七四年～八三五年没。平安時代初期の僧。真言《しんごん》宗の開祖。延暦《えんりゃく》二十三（八〇四）年に唐に渡って長安《ちょうあん》で学び、のちに高野山金剛峯寺《こうやさんこんごうぶじ》を開く。

甲斐庄氏は喜右衛門が世襲の通称だったようで、代々この木をながめて生死し、さらには、自分の家がもとは楠木氏だったことを、門前の常緑樹を見るたびに思ったのにちがいない。

そういう心理的事情もあったのか、明治維新のあと、甲斐庄さんは楠という姓に変えてしまったそうである。明治は国定教科書に水戸史学がとり入れられた時代で、正成が歴史の正統のなかに位置づけられた。そのことにもよるだろうが、ひとつには門前のクスノキにも惹《ひ》かれたのかもしれない。

明治期いっぱい屋敷を維持し、大正のはじめに他にゆずった。

あらたに所有した人は古屋敷をとりこわして、大正ふうの木造西洋館をたてた。このあたらしい持ちぬしは駒沢という人だったそうで（近所に住んでおられた上村明《あき》さんの話）、その後、いまの当主の中山弘二氏の父君がゆずられた。

いまの当主の中山弘二氏は昭和初年うまれで、この家で育った人である。透きとおったような感じの紳士で、この西洋館を愛し、クスノキを大切にしてきた人で、ついに建物と木を保存するため、永年つとめてきた国鉄を退職して、「楠亭《くすのきてい》」というフランス料理屋をはじめられた。

私は、本郷を歩きはじめた最初の日に、門前の大樟の下をくぐって、道路から奥まっ

★91 ぜんつうじ＝真言宗善通寺派の総本山。四国八十八所の第七十五番札所。
★92 現在は鹿児島県始良《あいら》市。

ている楠亭で食事をとった。

本郷歩きの最後の日、クスノキがわすれがたくて、もう一度その下をくぐり、楠亭に入った。

見返り坂

本郷は、江戸に入《はい》るのか、そうではないのか、というのが、以下のはなしである。

そもそも江戸とは、どこからどこまでをさすのか。

江戸の境界というのは、ながらく明瞭でなかったらしい。

江戸市域のことを、

「ご府内」

といった。主として町奉行所でつかわれていた用語で、町方《まちかた》★93として管轄する地理的範囲をご府内といったのである。

にわかにパリの警視庁の話になるが、先年亡くなったジョルジュ・シムノン★94のメグレ★95

★93 町の人や家のことで、地方《じかた》に対する言葉。地方には、村方、山方、浦方などが含まれる。

警視が、パリ警視庁につとめていたことはいうまでもない。パリ警視庁の管轄範囲はパリにかぎられていて、そのことが作品のなかで何度も出てくる。

事件が、郊外や他の地方でおきたりすると、メグレが閉口するのである。

地方は、憲兵隊が管轄している。

私にはフランスの警察制度がよくわからないが、憲兵隊が地方の治安を担当するというのはフランス革命以来の制度だという。

江戸の場合、本郷の大部分が〝ご府内〟ではない。だから、本郷の町方で殺人事件がおきたところで、江戸町奉行から与力《よりき》★96や同心★97などが出役《しゅつえき》することはなかったにちがいない。

町奉行所が、たまたま本郷での事件を知った場合、馬喰町《ばくろちょう》（中央区）の関東郡代屋敷に連絡し、関東郡代の手代《てだい》★98などが事件を担当したに相違ない（関東郡代とは、勘定奉行に属し、関東における幕府直轄領を支配する機関だった。むろん、武蔵国豊島郡《むさしのくにとしまごおり》本郷村も、その管轄内に入っていたはずである）。

ご府内という用語は、ときに町奉行所以外の行政機関でもつかわれた。

江戸時代の公文書でいうと、『御府内寺社帳』（写本二巻）があり、また『御府内人別《にんべつ》浪人取締調《とりしまりしらべ》』（写本一冊）などというのもある。

★94 一九〇三年～一九八九年没。ベルギー生まれのフランスの小説家。推理小説や心理小説などを多く書き、メグレ警部（警視）シリーズで世界的に有名になった。五十年間で四百作以上もの小説を発表している。

★95 ジュール・フランソワ・アメデ・メグレ。作中で警部から警視、警視長となる。登場する作品は百編を超え、映像化もされている。

★96 江戸町奉行などに直属し、同心を指揮・監督した者。江戸の南北奉行所には、各二十五騎の与力がいた。知行高《ちぎょうだか》は二百石程度。

★97 どうしん＝与力の下役。町奉行の下で江戸市中の警察事務などにあたった町方同心が特に有名。

★98 郡代、代官、奉行などに属して雑務を扱った下級役人。

なんといっても有名な冊子は、

『御府内備考』

である。正続編あわせて二百九十二巻というもので、★99浩瀚《こうかん》さにおどろかざるをえない。江戸幕府が編纂したもので、ご府内の地誌や名勝旧蹟の沿革・由来につき、主として古文書や伝承によって記録されている。

余談だが、日本の江戸時代ほど、文書の多かった国は、同時代の世界にないのではないか。上は幕閣から下は庄屋文書にいたるまでの公文書から、株仲間や商家の文書、市《し》井《せい》の人の手になる随筆、地誌、見聞記、家譜のたぐいまで入れると、森羅万象《しんらばんしょう》がことごとく文字で表現された国だったのではないかとおもってしまう。

さて、右の『御府内備考』では、本郷がご府内のなかに入れられている。巻之三十二から巻之三十五までである。総説から細部におよんでいて、なかなかのものである。

細部では、たとえば、本郷一丁目のくだりに、

「小判長屋」

という長屋がある、という。場所は本郷一丁目の町内の東側北木戸際《きたきどぎわ》で、長屋の規模は間口弐《まぐちに》拾間《じっけん》五寸である。〝小判長屋〟というのは★100里俗《りぞく》がそうよんでいて、正規の地名ではない。

持ちぬしは、宝暦年間、金座《きんざ》につとめていた広瀬吉兵衛という者で、吉兵衛自身は本

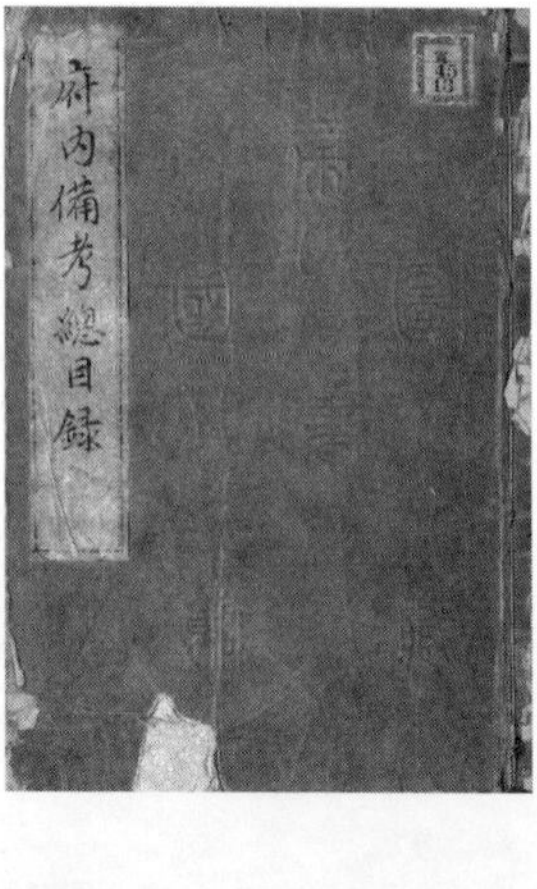

『御府内備考』

★99 書物が多くあるさま。巻数やページ数が多いこと。

★100 地方の風俗や風習。その土地のならわし。

郷住まいでなく神田小柳町に住んでいた、というふうに、じつにくわしい。

要するに吉兵衛は金座の関係者である。

金座というのは小判や一分金《いちぶきん》などの金貨の鋳造所のことで、日本橋本町一丁目にあった。明治後の日本銀行の所在地で、なにやら歴史は連綿としている。

神田小柳町に住む広瀬吉兵衛が日本橋本町一丁目に通うのは、当時としてはやや大変だったかもしれない。

ひょっとするとかれは金座の役人ではなく、金座の支配をうける〝小判師〟とよばれる人であったかもしれない。〝小判師〟はそれぞれの自宅で小判や一分金を造っていたのである。

『御府内備考』によると、「吉兵衛儀は小判へ吉の字の極印《ごくいん》を打候《うち》」とある。極印というのは、江戸時代、金貨・銀貨に、偽造防止のために押した文字または印《いん》のことをいう。

ともかくも広瀬吉兵衛は小判造りにかかわるめでたいしごとのひとだったから、ひとびとがその持ち長屋を〝小判長屋〟とよんだわけで、江戸人の機智を感じさせる。

「油揚横町《あぶらげよこちょう》」

というのもある。本郷三丁目の西側の南木戸際の横町の名である。

寛政年間（一七八九～一八〇一）、ここで豆腐屋惣十郎という者がすんでいた。油揚横町という名がおかしいというだけで『御府内備考』に記録されているのである。

ついでながら、日本料理に揚《あ》げものが入るのは十六世紀だったそうで、おそらく中国から禅僧を通じてのものだろう。僧侶が入れたから、このため麩《ふ》や豆腐を揚げるといった精進《しようじん》[101]ものが中心にならざるをえなかった。要するに江戸期のフライの中心は油揚豆腐《あぶらげどうふ》（あぶらげ）であった。

値段はごく安いもので、焼《やき》豆腐とかわらず、中期ごろは二文だったという記述（『守貞漫稿』）がある。

小判長屋や油揚横町でもわかるように、江戸時代の本郷は大名・旗本屋敷ばかりではなく、町方もちゃんと存在していたのである。ただ、江戸の市中にくらべると、大屋敷《おおやしき》が多いためにさびしかった。

江戸の市域はどこまでか、ということで、江戸後期、幕府の手で、地図に〝朱引《しゆびき》〟がおこなわれた。以後、ご府内のことを、「朱引内《しゆびきうち》」とよんだ。本郷は一部をのぞいては、「朱引外《しゆびきそと》」であった。

朱引については明治の夏目漱石[102]の東京地理感覚にまで生きていた。

漱石の生地は新宿区喜久井町一番地で、そのあたりに、通称〝早稲田田圃《たんぼ》〟とよばれる水田がひろがっていて、半ば田園だった。漱石自身、「江戸絵図で見ても、朱引内か

★101 肉や魚などを用いず、野菜や豆腐など植物性の材料で作った料理。

★102 なつめ・そうせき＝一八六七年～一九一六年没。明治～大正時代の小説家、英文学家。イギリス留学から帰国後、朝日新聞の専属作家となる。作品内で様々な問題を追究し、日本近代文学の巨匠となった。代表作に『吾《わが》輩《はい》は猫である』『こゝろ』『三四郎』など。

朱引外か分らない辺鄙《へんぴ》な……」（『硝子戸の中』）と書いていて、明治後期でもなお朱引は現役のことばだった。

元来、江戸というのは、そこでうまれただけで自慢になる都市で、この点、ロンドンやワシントンとはなはだしくちがっている。

だからこそ、境界が気になる。

享保《きょうほう》年間（一七一六～三六）、口中医師（歯科医）の兼康友悦《かねやすゆうえつ》という人が、本郷三丁目の角に店をひらいて、

「乳香散」

という、粉《こな》の歯磨きを売った。大いに繁昌して江戸じゅうに知られるようになった。このことは前記の『御府内備考』にも出ている。

「本郷へゆくのなら〝かねやす〟で乳香散を買ってきておくれよ」

などという会話が、神田でも日本橋ででも交わされたにちがいない。

本郷三丁目は「かねやす」ができて繁華になったのか、それ以前から江戸市中におとらずにぎわっていたのかよくわからない。ともかくも、

本郷もかねやすまでは江戸の内

夏目漱石

と川柳《せんりゅう》で詠まれ、江戸人のあいだで本郷が話柄《わへい》[★103]にのぼるたびに、おそらくこの古川柳が出たのにちがいない。

「かねやす」の店のある本郷三丁目から、ちょっと北へ行って本郷四丁目になると、景観がさびしかったという。

もっとも本郷四丁目には、やはり兼康が店をひらいたころ、笹屋新五郎という町人が目薬《めぐすり》を売る店をひらき、幕末まで大繁昌した。

『御府内備考』には、新五郎の肩書(?)を「家持《いえもち》」としている。江戸時代、自前の家をもっているのが町人の資格で、町役人をえらぶ選挙権をもっていた。〝小判長屋〟や〝油揚横町〟に住むひとたちの場合、〝借家人〟とよばれる。このひとびとには、ちょっとさびしいが、選挙権がなかった。

『御府内備考』によると笹屋新五郎は正徳《しょうとく》元(一七一一)年に京から出てきたという。

「かねやす」の「乳香散」にせよ、笹屋の目薬にせよ、よほど商品に自信があったればこそ、江戸の市井からすこし離れた本郷に店を構えたのにちがいない。

そういえば、京呉服を売ることで名をなした「伊豆蔵《いずくら》」という店も、本郷三丁目にあった。

いまも、「かねやす」がある。店の前は、本郷三丁目の交叉点である。

★103 話の内容。話題。

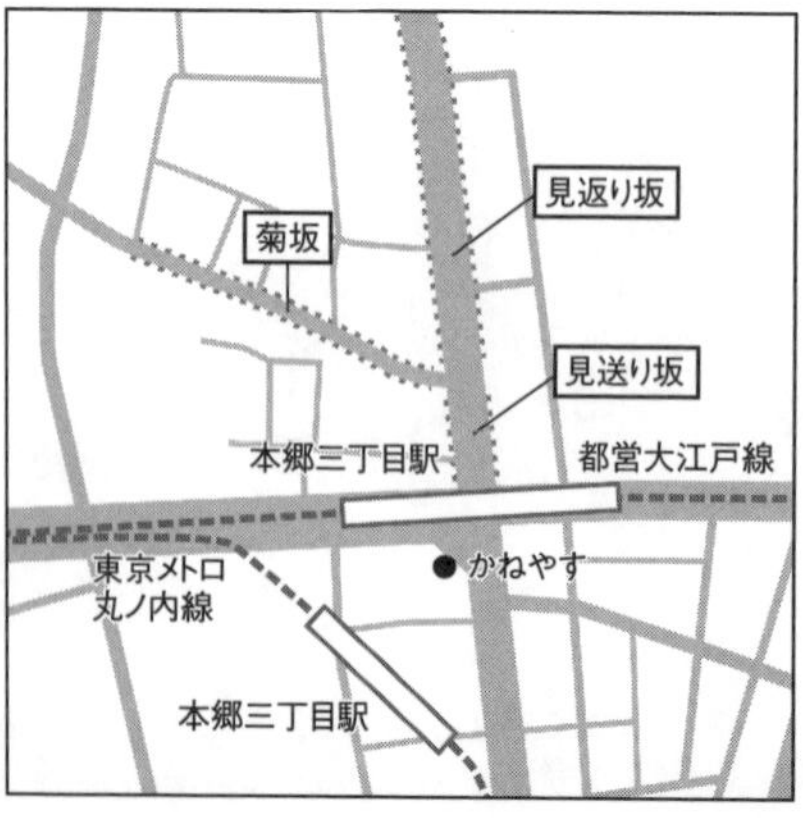

本郷三丁目交差点

入ってみると、歯磨きは見あたらなかったが、娘さん好みの持ち物や愛玩用品、あるいは化粧品のたぐいがならべられている。私は空豆《そらまめ》ほどの小さな硯《すずり》を買った。

江戸時代の「かねやす」といえば店の前に客がむらがり、店からは口上を唱《とな》える者が出て、祭礼のようににぎやかだったというが、いまはお茶室に入ったようにしずかである。


店を出ると、軒下の化粧タイルに、「かねやす」を説明した文京区教育委員会のプレートがはめこまれていて、みじかい文章ながら、要を得ている。

享保十五（一七三〇）年の大火から説きおこされているのである。大火のあと、町奉行★104大岡越前守の献策が採用され、以後、江戸の町屋《まちや》は瓦ぶきや土蔵《どぞう》づくりになった。

本郷の「かねやす」も、江戸市中と同様、瓦ぶきであり、さらには大きな土蔵があったので、一見して江戸の町並《まちなみ》がここまでつづいていることが実感できた。

つまりは、景色として〝かねやすまでが江戸の内〟だったのである。

ところで、江戸時代、芝神明前《しばしんめいまえ》（港区。芝大神宮の門前を土地ではそうよんでいた）にも、「兼康」という店があったという。いつの時代の町奉行かが、訴えによってこれを裁き、芝神明前のほうは漢字の兼康、本郷のこの店はかなで「かねやす」と表記するようになったという。味な裁きをしたものである。

ところが、稲垣史生監修・繁田《しげた》健太郎著の『江戸史跡考証事典』（新人物往来社刊）

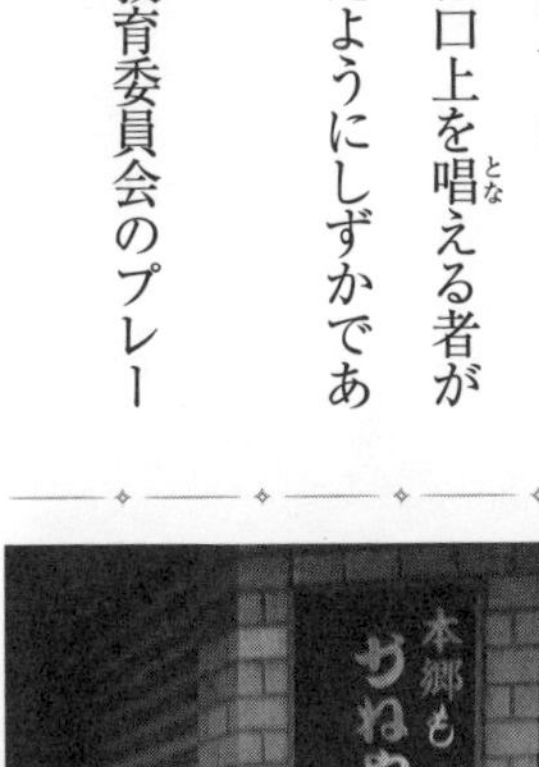

「かねやす」のプレート

★104 大岡忠相《おおおかただすけ》。一六七七年～一七五一年没。江戸中期の幕臣。徳川吉宗《よしむね》に認められ江戸町奉行となり越前守《えちぜんのかみ》を称す。町火消四十七組の創設など、名奉行として名を馳《は》せた。

の「かねやす」の項では、芝神明前でなくて芝露月町《ろうげつちょう》になっている（滝川政次郎『日本行刑史』では芝口露月町《しばぐち》）。この店は兼康祐玄という者が創業した。

本郷の「かねやす」はその分かれだという。どちらが本家か、しらべるほどのことでもないので、ここで平らかに紹介しておく。

江戸時代の刑罰には「所払《ところばらい》」という刑があって、江戸の場合は、「江戸払《えどばらい》」といわれた。江戸から追放されるとなると、江戸の境界が問題になる。幕府の評定所は、天明《てんめい》八（一七八八）年の十二月、つぎのように文書化した。以下口語文になおす。

御府内・御府外の境《さかい》というのは、従来の公文書をみても、どこを限って内《うち》とか外とかというようなものはない。ただ江戸払の場合だけ、そのことがきまっている。

江戸は境界があいまいなのだ、という。ただ従前からきまっている追放刑での江戸境界は、品川、板橋、千住《せんじゅ》、本所深川《ほんじょふかがわ》、四ツ谷大木戸だという。

板橋は本郷よりずっと北西で、従って追放刑に関するかぎり、本郷は江戸のうちである。

「かねやす」から北は、日光御成《おなり》街道（いまの東大の西側の本郷通り・国道17号）になる。役人が罪人をひきつれて本郷四丁目あたりで突き放すとすれば、職務怠慢になる。あと一時間、板橋まで足労してもらわねばならないのである。

江戸中期、神田に住んでいた菊岡沾涼《きくおかせんりょう》（一六八〇〜一七四七）という表具師★105あがりの俳人が、江戸の地誌『江戸砂子《えどすなご》』をあらわし、こんにちなおさかんに引用されている。

そのなかに、本郷四丁目に「別れの橋」という小橋があって、以前、追放の者などはここより放たれた、とある。『江戸砂子』は享保年間の著作である。そのころすでにむかしの話だったという。

私は、本郷三丁目の交叉点に立っている。

やがて北にわたり、しばらく歩道を歩いた。路傍に文京区の説明板があった。

「別れの橋・見送り坂と見返り坂」

という表題である。由来も書かれている。が、どうも路面は平坦で、この地点でもって罪人を見送ったとか、罪人が見返ったとかというのは、江戸の好事家《こうずか》の創作だったのではないかとおもえてくる。

「坂のようには、見えませんな」

編集部の村井重俊氏が、ことさらに傾斜を感じようとして、靴底で路面をすったりし

★105 ひょうぐし＝掛《か》け軸《じく》や額《がく》を作ったり、襖《ふすま》や屏風《びょうぶ》を仕立てたりすることを職業とする人。

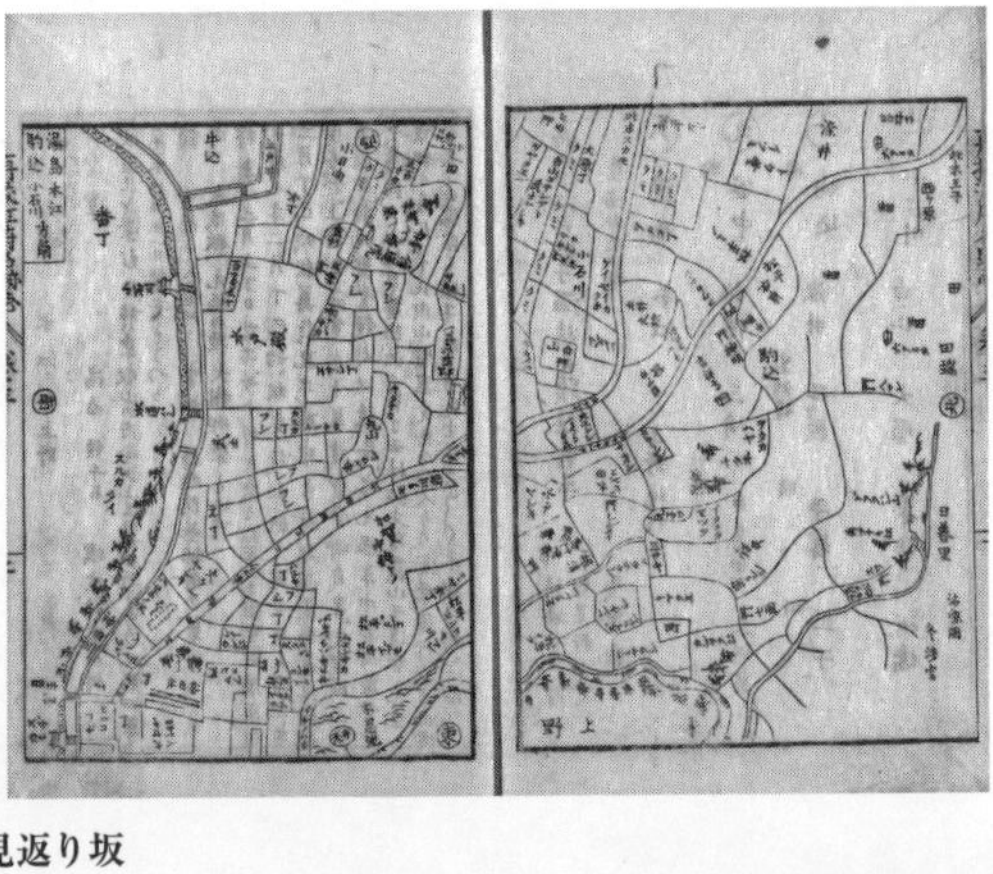
『江戸砂子』に描かれた本郷

た。

こんにち路面が平坦であるということについても、明治後の道普請《みちぶしん》によるものだと説明する説があるが、江戸時代の『御府内備考』の巻之三十三の「本郷四丁目」のくだりにすでに、「坂の様《やう》にも相見《あひみ》へ不申候《まうさず》」とある。

さらには、

北の方、見かへり坂と唱《いひ》、南の方見おくり坂と唱《いひ》候由、何故名付《なづけ》候哉《や》、相分不申候《あひわかりまうさず》。

〝本郷もかねやすまでは江戸の内〟

という古川柳がよほど喧伝されて――以下は想像だが――「かねやす」のむこうあたりでどんと背中の一つも押して追放し、見送ったり見返ったりしたという巷説★106ができたのかともおもえる。やがて〝見送り坂・見返り坂〟という尾鰭《おひれ》がついたのだろうか。

しかし、尾鰭のほうがおもしろい。こんな古川柳もある。

本郷をどつこ迄《まで》もと傘《かさ》しよわせ（『誹風柳多留《はいふうやなぎだる》』）

傘を背負わせるということで、僧であることがわかる。傘一本で寺を追いだす、とい

★106 こうせつ＝世の中の風説。

うのが、江戸時代、破戒僧[★107]に対する追放刑のきまりだった。

どっこ（独鈷）は、法具の一種。あるいは寺の隠語で、カツオブシのこと。〝どこへでもゆけ〟というのを〝どっこ迄も〟と言葉遊びしたかのようである。

川柳子《せんりゅうし》によって創作されたこの僧は、女犯《にょぼん》よりも、鰹節《かつおぶし》で象徴されるように、肉食《にくじき》の罪だったかもしれない。ともかくも追放の劇的舞台として本郷がつかわれている。江戸期の本郷の町方は、以上のようにわかりにくいところがある。

藪下《やぶした》の道

本郷台、湯島台、あるいは小石川台地といっても、それぞれ旧村名を冠しただけの呼称である。

ひろくいえば武蔵野台地になる。

話がふるくなって恐縮だが、武蔵野台地は地質時代の区分での洪積世（二十万年前〜一万年前）までは、浅海のなかに溺れこんでいたそうである。〝武蔵野湾〟と、地質学

★107 はかいそう＝戒律を破った僧。なまぐさ坊主。

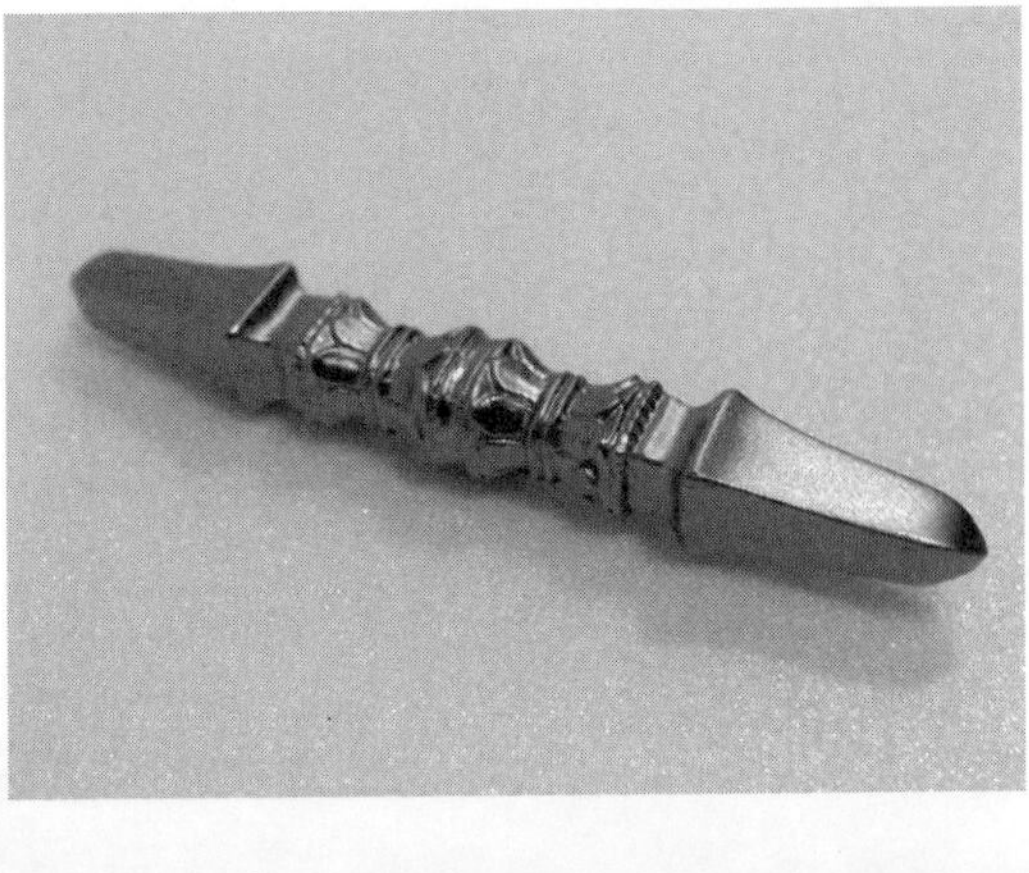
独鈷

ではよぶらしい。

その後、海が後退し、台地が露《あらわ》れ出たものの、浸食はつづく。

縁辺が海によって削られ（海食）、また内陸は川によってさいなまれ（河食）、さらには湧き水によって溶かされ（溶食）、谷や窪地ができた。このため、本郷は坂が多い。


本郷台の東の縁辺の台上を歩いてみた。

このあたりも、〝海〟にむかって、急勾配《こうばい》をなしている。

本郷千駄木《せんだぎ》の団子《だんご》坂も、そうである。

その坂の上（本郷駒込《こまごめ》千駄木町二十一番地）に、森鷗外（一八六二〜一九二二）が住んでいた。

鷗外は、それより前、近所の本郷駒込千駄木町五十七番地にいたのだが、明治二十五（一八九二）年に越してきて、終生のすまいになった。

ときに、満三十歳であった。陸軍軍医学舎（軍医学校）の教官で、すでに★108『うたかたの記』や★109『文づかひ』を書き、その創作歴の初動期というべき時期であった。

家は平家《ひらや》だったが、両親と祖母をひきとることになって、十二畳の二階を増築した。

この十二畳の二階から、品川の海がみえたというのである。やがてこの家を、「観潮楼」

団子坂あたり

★108 明治二十三（一八九〇）年に発表された短編小説。ミュンヘンでモデルの女マリイに出会った日本人画家の巨勢《こせ》は彼女と恋に落ちるが、その行く末には悲劇的な結末が待ち受けている。

と名づけた。

鷗外にとって潮というのは、海外という意味もこめていたかもしれない。

かれは明治十七年以来、四年間ドイツに留学し、この引越しの四年前に帰ってきた。

その後も、〝西洋〟をのどもとまで浸《ひた》すという濃密な日々を送った。いうまでもなくドイツ医学の日本化と、西洋から渡来した美学と文学を自己のものにするための日々である。観潮楼という語感は、単なる漢詩文趣味を超えたものであったろう。


いま鷗外旧居跡は、文京区の所有になっていて、★110区立鷗外記念本郷図書館になり、団子坂に面して門をひらいている。

坂の上に立つと、鷗外という〝巨大な悟性人〟（高橋義孝《たかはしよしたか》）のこともさることながら、地質史的な昂奮をおぼえざるをえない。

本郷台が、谷中《やなか》の方向にむかって溺れこんでゆくような思いがする。

別名、潮見坂《しおみざか》ともいう。

鷗外は、団子坂のほうを気に入っていたのか、明治四十二年、『団子坂』という題の小品を書いた。

登場人物は二人きりである。名はなく、男学生《だんがくせい》と女学生《じょがくせい》とのみある。

一幕《ひとまく》ものの戯曲ふうで、対話だけで進行する。主題は、男女に〝清い交際〟というも

★109 明治二十四（一八九一）年に発表。『舞姫』や『うたかたの記』と同様に自身のドイツ留学に題材を得た作品。

★110 現在は文京区立森鷗外記念館。

森鷗外

のがありうるかということである。双方、白刃を合わせたように、主題性がさしせまっている。

交際については、女のほうが、積極的である。

男が、下宿を訪ねてきた女を送る。なにやら女の積極性に、やや迷惑がっているようでもある。

女は、手にヴァイオリンをもっている。この小道具が、お稽古帰りに男の下宿に立ち寄ったことを思わせる。さらにはそこそこの富と教養をもつ家の娘であるともみえる。ひょっとすると、教授令嬢だろうか。

男は、土地柄、本郷の学生に相違ない。

みちみちの対話である。女が、いう。

「……でも、又あなたの処へ寄ったのは秘密よ」

対話の出だしは、男に率直さや謹直さ★111を感じさせる。やがてちがってくる。男が、いう。

「あなたはこんな事をいつまでも継続しようと思っているのですか」

女は、とまどう。やっぱりご迷惑なのね、という意味のことを言い、

「そうならそうで好《よ》くってよ」

こういう会話体は、教育のある令嬢ふうである。

★111 きんちょく＝つつしみ深く、正直でまじめなこと。

これに対し、男は、そうではありません、という。こんなことをつづけているのは「不可能だと思うから、そう云《い》うのです」というふうに、男の会話は終始主題を包んで構造的で、論理や修辞にむだがない。

女は、懐剣を抜きかけるようにして、

「不可能だと仰《おつし》ゃるのは、お嫌だからでしょう」

と、拗《す》ねる。

このあたりから、男の会話が、変化する。

げんに変化ということばをつかう。

「……こんな事は継続が出来ない。早晩どうにか変化せずには已《や》まない」

この意味は、女にもわかった。変化とは、行きつくところへ行くということだろう。

女は、抵抗する。

「……意志次第ではないでしょうか」

「……併《しか》し意志なんというものは、馬のようなもので、馬には引掛《ひつか》けられることもありますからね」

「それでは意志が弱いのではないでしょうか」

「えゝ。その通《とおり》です。僕の意志は弱いということを、僕は発見したのです」

意馬《いば》心猿《しんえん》（本能に従うこと）という慣用句を、男は〝馬〟ということばで暗に女にさ

団子坂（『武蔵百景』より）

とらせようとしている。愛の告白というものではなく、二人はいずれ情交に惑溺★112するであろう変化を、男が、物理学の実験の結果を予告するような言い方でいっているのである。後日の責任を、すくなくとも半分は女にかぶせようとしているらしい。

こまったことに、女はそういうやりとりに知的な快感をおぼえているらしい。

ここで不意に、夏目漱石（一八六七〜一九一六）の『三四郎』★113のくだりが出てくる。

鷗外は、明治後期の文壇で漱石と併称される存在でありながら、両者は生前二度しか会ったことがなかった。

夏目漱石の『三四郎』が、「朝日新聞」に連載されるのは明治四十一年九月から十二月までで、鷗外が『団子坂』を書くのはその翌年である。

そこで、『団子坂』に漱石の『三四郎』が登場する。

漱石の『三四郎』についてふれておく。主人公たちが、団子坂に菊人形を見物にゆくくだりが出てくる。

迷子が出るほどの雑踏であった。

漱石は、団子坂について、このようにいう。

坂の上から見ると、坂は曲っている。刀の切先《きっさき》の様である。幅は無論狭い。

★112 わくでき＝夢中になって、正常な判断ができなくなること。

★113 明治四十一（一九〇八）年に発表された長編小説。大学入学のため熊本から上京した小川三四郎と、都会的な女性里見美禰子《みねこ》の淡い恋を描く。

雑踏で気分がわるくなった女主人公の美禰子《みねこ》が、三四郎を人気《ひとけ》のない小みちへさそう。美禰子は三四郎の初心《うぶ》い心を弄《もてあそ》んでいるかのようである。

小川が、流れている。やがて根津《ねづ》にぬける石橋のあたりまできた。

さて、鷗外の『団子坂』にもどす。『団子坂』の男女も、この橋のあたりまで歩く。女が、いった、

「おや。もう橋の処へ来ましたのね」

男が、受けて、

「三四郎が何とかいう、綺麗《きれい》なお嬢さんと此所《ここ》から曲ったのです」

と、いうのである。

べつに私がおかしがることはないが、観潮楼主人の鷗外がどんな顔つきでこのくだりを書いていたのかを思うと、意味なくおかしい。

『鷗外全集』第二十六巻に、「夏目漱石論」というみじかいものが収められている。論というより、明治四十三年、雑誌「新潮」が出した漱石についてのアンケートの返答である。

アンケートの第八に「創作家としての技倆」という項があり、鷗外は「少し読んだばかりである。併し立派な技倆だと認める」と、さしさわりがない。第十の「その長所と

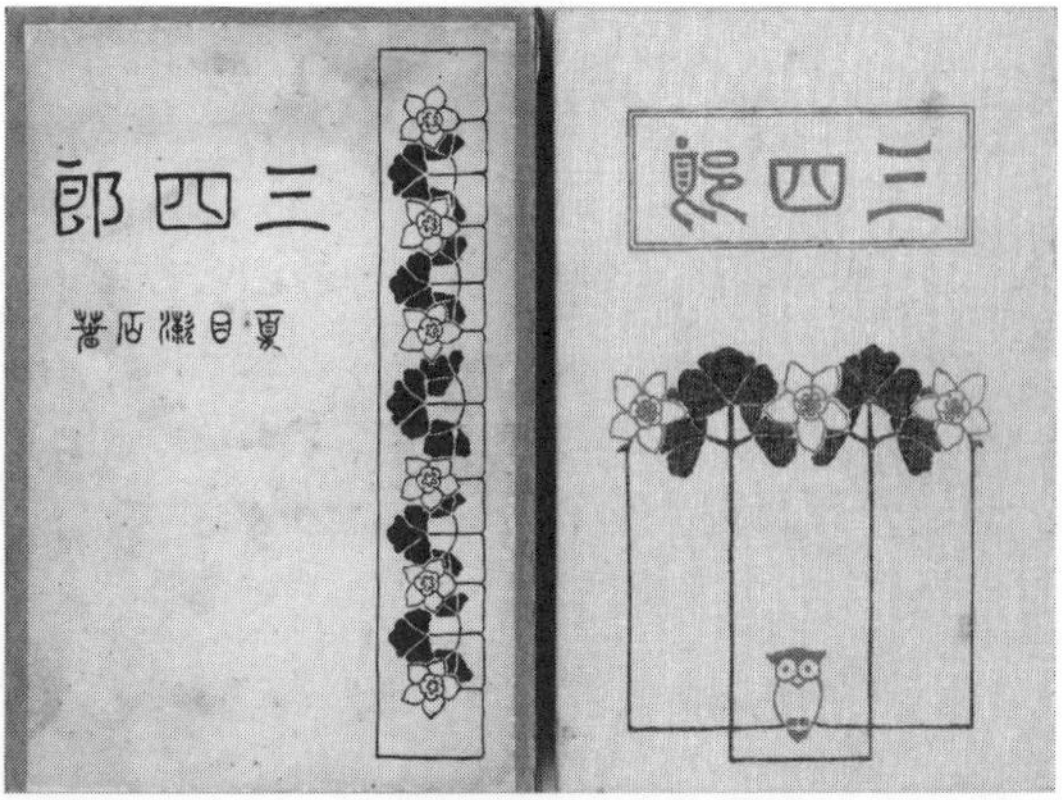

『三四郎』の初版本（岩波書店蔵）

短所」についても、「今迄読んだところでは長所が沢山目に附いて、短所と云う程なものは目に附かない」とのみいう。

漱石の才能には、豊潤なところがある。『三四郎』を例にあげると、あやうく通俗に堕ちそうなきわどさをみせながら、漱石は白刃を素足でわたるような芸できりぬけている。このきわどさは、それがなければ文芸が成立しえないというもので、わるくいえばけれんとかめりはりといったものである。しかしそのように悪《あ》しく読者に気づかせれば、第一級の作品ではない。鷗外は漱石におけるこのような〝芸〟を肯定しつつも、半ば苦笑し、半ばうらやましくもおもったのではないか。

有名な〝迷える子羊《ストレイシープ》〟のくだりのことである。余計な註だが、このことばは『新約聖書』のマタイ伝★114に出ていることはよく知られている。羊飼いは、一匹の迷った羊に対し、他の多くの羊をのこしても、さがすという。神の愛は、そういうものらしい。

漱石の『三四郎』のなかで、美禰子が三四郎に対し、このことばを妖言のようにつかう。たまたま、菊人形の雑踏のなかで、迷子が出た。

美禰子は、人目のない道に入ってから、「迷子の英訳を知っていらしって」と問う。「教えてあげましょうか」といって、ストレイ　シープという言葉を、三四郎の胸のなかに投げこむのである。おそらく漱石はこの場面を作るために、団子坂の雑踏で迷子が出るくだりをあらかじめ設けておいたのにちがいない。

★114 新約聖書におさめられた四つの福音書のひとつ。一世紀後半に書かれたと伝えられる。

鷗外の『団子坂』にもどる。

右のように、橋のあたりまできて、作中の男が、『三四郎』のなかの三四郎の名を口にする。

女はむろん、その小説を読んでいる。

「えゝ。Stray sheep！」

鷗外は、ストレエ　シイプとルビをふる。

男はすかさず、自分について、

「Sheepなら好いが、僕なんぞはどうかすると、wolfになりそうです」

あとやりとりがあって、男が「藪下へ曲れば好かった」とつぶやく。団子坂は、子供が遊びさわいでいて、わずらわしかったのである。

藪下の道は、まず人通りがすくない。

私どもも、そのようにした。団子坂の観潮楼あとの角を入って、ほそい小径《こみち》に入った。右側は崖上になる。観潮楼の表門はこの藪下道に面していたようである。

鷗外の『細木香以《さいきこうい》』★115という作品に、その藪下のことが出ている。

団子坂上から南して根津権現《ねづごんげん》の裏門に出る岨道★116に似た小径がある。これを藪下の道

★115 幕末の豪商で通人。河竹黙阿弥《かわたけもくあみ》や九世団十郎のパトロンとして有名な細木香以、通称摂津国屋《つのくにや》藤次郎を主人公《しゅじんこう》とした伝記。
★116 そばみち＝けわしい山道。街道の近くにあるわき道。抜け道。

と云う。

ついでながら鷗外は『細木香以』のなかで、藪下の道という小地点を、大きな地形のなかにおいてみごとにとらえている。このあたり、兵書の翻訳経験をもつ人らしくて、兵要地誌的である。

崖の上は向岡《むこうがおか》から王子に連《つらな》る丘陵である。そして崖の下の畠や水田を隔てて、上野の山と相対している。

要するに、藪下の道は、冒頭にふれた武蔵野台地が尽きはてる崖に添《そ》う道である。左側が、ときに谷になって落ちこんでいる。

崖が、地質時代のある時期の陸のはてであり、谷は〝海〟をおもわせる。

その崖の小径をたどりつつ、明治四十二年の『団子坂』のなかの男学生と女学生は、対話しつづけるのである。

鷗外がこの稿を書いたのは四十七歳のときで、すでに陸軍軍医の最高官である陸軍軍医総監であった。

男の学生は、女学生が、〝清い交際〟というのを、いかにも女性的だという。女性的

藪下の道

とは、情緒でものを見ることだ、という。男の会話では、「なんでも物を情緒の薄明《うすあかり》で見ているのですから」というふうになっている。

さらに男は、いう。

「……あなたが僕の傍《そば》に来て、いくら堅くしていたって、僕の目はあなたの体のどんな線をだって見ます。そしてあなたはそれを防ぐことが出来ないのです」

女、「随分《ずいぶん》だわね」と、下を向く。

漱石の『三四郎』のなかでも、美禰子が、軽く相手を非難するとき、「随分ね」という。

このことばづかいは、明治三十年代から、山の手を中心にはやりはじめたものかとおもわれる。『日本国語大辞典』（小学館刊）では〝近代、多く女性の間に用いられる語〟として、〝非道であるさま。はなはだしく非難すべきさま〟とあり、どうも鷗外だから、このあたり、おもしろい。

維新このかた、文明開化して四十年も経っている。

すでにヨーロッパが知識人の思考の基準になっていて、『団子坂』の本郷の学生も、単に相手と肉交（註・明治文学のことば）をもちたいというだけのことであるのに、ヨーロッパ文明を持ちだす。

「一体あなたのいつも言っている清い交際というものですね。僕の方でも云っていたのですが（註・以前、男のほうも、清い交際を唱えていたのだろう）、そんな事が不可能だということは、欧羅巴《ヨオロッパ》なんぞには一人だって知らないものはありますまい」

ヨーロッパでの恋愛の場合、肉交が加わるというのである。

鷗外は、清い交際のことを、プラトニック　ラヴなどとはいわない。ギリシアの哲学者プラトンに由来するこのことばは、この時代の読書階級の流行語のようなもので、『団子坂』とおなじとしに刊行された田山花袋《たやまかたい》★117『田舎教師』★118にもつかわれている。だから、鷗外はわざと〝清い交際〟という。

男学生は恋愛における清さというものを否定し、

「……あれは（註・〝清い交際〟論は）つい此頃《このごろ》皮相な西洋風の学問をした日本人の言い出した事です。小説家なんぞも手伝って広めたのでしょう。Nonsense《ノンセンス》です」

女学生も負けていない。

「……あなたは此頃《このごろ》きっと何かお読《よみ》なすったのね」

西洋におけるべつな意見を読んだのだろう、という。双方、いちいち西洋になるのが、『団子坂』のおもしろさである。

女が、いう。

「Mephisto《メフィスト》とかいう鬼《おに》なんぞは、そんな事を言うのでしょう」

★117　一八七二年〜一九三〇年没。明治〜大正時代の小説家。文芸雑誌「文章世界」の主筆となり、明治四十（一九〇七）年に私小説のはじまりといわれる『蒲団《ふとん》』を発表、自然主義文学運動をすすめた。代表作に『生』『百夜《ももよ》』など。

★118　明治四十二（一九〇九）年に発表された長編小説。田舎の小学校で教師を務める林清三《はやしせいぞう》という青年の生涯を描く。構想元となったのは、花袋の義兄が住職を務める埼玉県羽生《はにゅう》の建福寺に下宿していた青年の日記。

ゲーテの詩劇[119]『ファウスト』の中に出てくる悪魔メフィストフェレスのことを、鷗外は女学生にオニとよばせている。それも、鷗外らしい訳語といっていい。

この女学生も知っているように、ファウスト博士は、飽くことを知らぬ知的好奇心と生の享楽を得るために、悪魔に魂を売りわたしてしまう。

この時代、どういう訳本で『ファウスト』[120]が読まれていたのか、私は知らない。鷗外の年譜によると、鷗外その人が『ファウスト』の翻訳にとりかかるのは、これより数年のちのことであった。

令嬢が、どんな本を読んで、ファウスト博士に取り憑《つ》いた悪魔のことを知っていたのだろうと思いつつ、私は藪下の小径を歩いている。やがて右手の崖の上に、日本医科大学の建物が屹立《きつりつ》するのを見た。迫るような存在感がある。

『団子坂』の男は、女の気をひくためか、下宿を他にかわると言いだす。遠くに下宿すれば、女が訪ねて来にくくなる。

「僕はあしたまでに越してしまいます」

読んでいて、なんだろう、こいつ、とおもうが、それが女への擬似餌《ぎじえ》らしい。そのあと数行のやりとりがあり、男は引越すという言葉を撤回する。やがて、女の家への曲り角にくる。女は、ついに言う。

この一幕物の対話劇は、口説《くぜつ》のあげく、この最後のひとことを女にいわせるために、

★119 ヨハン・ヴォルフガング・フォン・ゲーテ。一七四九年～一八三二年没。ドイツの詩人、作家。一七七四年に発表された『若きウェルテルの悩み』で一躍有名になり、「シュトゥルム・ウント・ドラング（疾風怒濤《しっぷうどとう》）」と呼ばれる感情の解放と独創性を唱える文学運動の代表的存在となった。代表作に『ヴィルヘルム・マイスターの修業時代』『ヘルマンとドロテーア』など。

★120 ドイツに実在したとされる錬金術師ファウストの伝説を取材し、ゲーテが完成させた長編詩劇。二部構成になっており、悪魔メフィストフェレスと契約したファウスト博士は第一部で少女グレートヘンを死に追いやり、第二部ではその罪をあがない純粋な愛によって救われ昇天する。

書かれている。

「あしたはわたくしも決心して参りますわ」

女は、小走りに去る。

私どもは、根津権現《ねづごんげん》の裏門坂に出た。この坂も、東の〝海〟にむかい、土崩れでもおこしたようないきおいで、くだっている。

根津権現《ねづごんげん》

本郷台を団子坂から南に折れて、崖上のみち（藪下《やぶした》の道）をたどると、根津裏門坂に出る。

坂の中腹に根津権現（根津神社）がある。

根津は、いい地名である。

つい愚にもつかぬ地名考をしてみたくなるが、むろん思いつかない。

根津というのは江戸中期の宝永年間（一七〇四～一一）、幕府の造営によって根津権現

根津神社

ができるまで、文献にはこの地名はなかったそうである。神社も、千駄木に鎮座していたものが、この中腹に移された。移されたとき、根津という固有名詞がついた。

★121三遊亭円朝《さんゆうていえんちょう》（一八三九～一九〇〇）作といわれる人情噺《にんじょうばなし》『心中時雨傘《しんじゅうしぐれがさ》』は、話の筋よりも、場面場面の情景がおもしろい。冒頭、根津権現の祭の宵《よ》宮《みや》が出てくる。

江戸市中からみればこのあたりは町家がすくなく、祭礼といっても、神田や山王《さんのう》、あるいは深川《ふかがわ》ほどではない。

この境内は、もとは六代将軍★122家宣《いえのぶ》（一六六二～一七一二）の甲府中納言時代の旧邸があったところである。

家宣が、叔父綱吉《つなよし》（五代将軍）の養嗣子になったあと、綱吉の命で邸趾に神社が営まれ、社領五百石が寄進された。

正徳《しょうとく》四（一七一四）年の祭礼は、幕府のてこ入れもあり、各町内からさかんに★123練《ね》り物が出て、江戸じゅうの評判になった。根津権現が知られるようになったのは、この祭礼によるものとおもわれる。

その後、ややさびれた。

ただ、門前に遊廓があって、繁華をささえた。

〝根津門前〟とよばれる遊里である。

★121 幕末～明治時代の落語家。自作の演目を道具入りの芝居噺で演じて人気を博する。代表作に『真景累ヶ淵《しんけいかさねがふち》』『怪談牡丹灯籠《かいだんぼたんどうろう》』『塩原多助一代記《しおばらたすけいちだいき》』など。

★122 徳川家宣。甲府藩（山梨県）主徳川綱重《つなしげ》の長男として生まれ、徳川綱吉の養子となる。側用人《そばようにん》の間部詮房《まなべあきふさ》や新井白石《あらいはくせき》を重用し、生類《しょうるい》憐《あわれ》みの令の廃止をはじめとした政治の刷新を図った。

★123 祭礼で町をねり歩くもので、行列や神輿《みこし》、山車《だし》など。

江戸時代は幕府官許の遊里は吉原だけで、他は岡場所《おかばしょ》といわれた。いわば黙認された場所だった。

なにぶん、江戸は独り者が多かった。商家の奉公人や職方《しょくかた》の見習いなど流入人口が多く、いわば女ひでりの街だった。このため遊里がさかえた。

どうも江戸期日本では神聖場所と遊び場所がセットになっていたらしく、岡場所は、神社の門前に多かった。市谷《いちがや》八幡前、麴町の平河《ひらかわ》天神前、神田明神前、それにこの根津門前などであった。

それぞれ、客種《きゃくだね》がちがう。根津門前は大工が多かったらしい。

なにしろ本郷が大名・旗本の屋敷町だから町方には大工が多く住んでいる。ときに仕事着の腹掛けのまま遊びにくるあわて者も多かったのかどうか、

根津の客まあ腹掛けを取ンなまし

という川柳もあった。

この岡場所は、明治二十一（一八八八）年、洲崎《すざき》[★124]に移転させられた。理由は、大学地域として風儀上このましくない、ということだったようで、明治時代の大学が、神社以上の聖域だったことがわかる。

★124 東京都江東区東陽一丁目の旧町名。

前記の『心中時雨傘』は、題名のとおり、心中物である。円朝は、幕末の実話だという。

『円朝全集』（昭和二年・春陽堂刊）の巻の六の『心中時雨傘』の速記録をみると、

根津には遊郭《くるわ》もあって、派手を尽します土地柄で、何《ど》うしても場末のお祭とは思われないほどお立派でございまする。

と、場末とよんでいる。これをひきついだ★125古今亭志ん生《ここんていしょう》（一八九〇〜一九七三）のテープをきくと、やはり場末ながら、という。

祭礼は、宵宮からにぎわった。

上野の寛永寺の初夜（午後八時から同九時ごろ）の鐘がきこえてくるころには露店が店じまいをはじめる。

ただし、猿芝居や河童《かっぱ》のお化けをみせる小屋掛けの者たちは、小屋で夜明かしをする。

当時の露店に〝どっこい屋〟というのがあった。仕掛けは一種のルーレットで、どうも街頭賭博であったらしい。

ただし、表むきは菓子などを盛りあげてそれを賞品としているが、実際は小銭を賭け

★125 明治後期〜昭和期の落語家。五代目。天衣無縫で八方破れともいわれる独特な芸風で人気を博する。人情噺や滑稽《こっけい》噺で特に優れた才能を見せた。

たのではないか。

明治三十年刊の『絵本江戸風俗往来』などをみると、六角筒の大きな独楽《こま》がルーレットになっていて、六角の一面ずつに、花札のような絵が描かれている。

あるいは円盤があって、六つか八つの区画にわかれていて、円盤がまわらず、円盤の中央軸についた指針が旋回する。

客がまわしはじめると、露店のぬしが、

「どっこい、どっこい、どっこい、ああ惜しい」

と叫ぶ。

明治二十三年うまれの志ん生は、

「あまりそこへうまく来ないものですな」

という。円朝となると、幕末から明治にかけて活躍した人だから、どっこい屋の説明はせず、いきなり、

どっこい屋のお初と名の通った二十三四の女。


と、話に入る。

「美女《いいおんな》というでもないが、愛敬《あいきょう》がある評判もの」

明治三十八年刊『江戸府内絵本風俗往来』で描かれたドッコイ

と円朝はいい、志ん生はそれに加えて、

「世辞《せじ》がいい」

という。お世辞がうまいというよりも、言葉づかいがゆきとどいて賢い、というほどの意味である。親孝行者で、年老いた母をひとりで看取《みと》っている。

お初は、荷じまいをする。夜商人《よあきんど》同士がたがいに声をかけて帰ってゆく情景が、志ん生の噺《はなし》ではじつにいい。

お初は、二十日の月明をたよりに、稼業道具を背負ってひとりで帰るのである。

やがて池之端《いけのはた》に出た。

「やァ、どっこい屋のお初さんだな、いま帰《けえ》りなさるか」

と、よびとめる者があった。

相手は、三人づれである。お初は、鄭重《ていちょう》に応対した。

やがて相手は悪ふざけしはじめた。お初はこの手合いに弱味をみせるとろくなことはない、とおもい、力まかせに相手をふりはらったが、三人がかりで抱きすくめられた。

お初は、小暗い場所にひきずりこまれたが、悲鳴をきいて駈けつけてきたのが、★126型付《かたつけ》職人の金三郎という若い者であった。悪党どもをひっぱたくと、一人はたおれ、二人は逃げた。

お初が礼を言い、たがいに名乗ってみると、おなじ下谷《したや》稲荷町《いなりちょう》住まいで、見知らぬ間

★126 型付は布に型紙を当てて模様をつけ染め上げる手法のこと。おもに夏用の木綿《もめん》ゆかたなどに用いた。

柄でもなかった。

　これが縁で、やがて夫婦の約束をかわすことになるのだが、その前に、金三郎になぐられた男は、そのまま死んだ。逃げた二人の仲間が、お初が殺した、と★127訴人《そにん》するのである。

　お初は抗弁もせず、私がやりました、といって、★128岡《おか》っ引《ぴき》にしょっぴかれてしまう。あとで金三郎が知っておどろくのだが、このくだり、金三郎の反応は、円朝より志ん生のほうが、小気味いい。

「お初にそんなことされてたまるか」

　金三郎のきっぷをひとことで言いあらわしたせりふである。金三郎はすぐ大家《おおや》さんにうちあけ、自分が殺《や》った旨の願書を書いてもらい、呉服橋の北町奉行所に駈けこみ訴えをした。むろん★129遠島は覚悟の上だった。

　この訴えで奉行所が死者の生前をしらべると、あちこちで罪を重ねた〝泥坊《どろぼう》仙太〟という悪党だったので、お初・金三郎とも無罪になり、大家が仲人をつとめて祝言《しゅうげん》した。

　落語や人情噺には主題がなくて、人間的な情景が活写されつつ、聴き手をひっぱってゆく。

　後日のことにふれる。

　この夫婦が、火事に遭った。金三郎が火の中にとびこみ、お初の母親を救いだすが、

★127 訴え出る。告訴する。

★128 同心や与力の手下。目明かしとも。

★129 えんとう＝江戸時代の刑罰のひとつ。財産没収の上、伊豆七島などの島へ送られる刑で、追放より重く、死罪よりも軽い。島流しとも。

落ちてきた梁《はり》で右肩の骨をくだかれてしまい、寝たきりになった。そのうちお初の母親も死んだ。

お初がどっこい屋をつづけることで、金三郎を食べさせるのだが、金三郎はお初があわれで、ついに希望をうしなった。

ある日、自殺用の猫いらずを買う。これがお初にみつかる。

見つかったときの二人のやりとりが、双方の倫理観がきらめいていて気持がいいのだが、結局、金三郎が、「死なせてくれ」とお初に手をあわせてたのむ。そのあとのお初のせりふは、円朝のほうがいい。

「なんだね、さよう話がきまったらなにもくよくよすることはないよ」

と、屑屋さんをよんできて家財道具を売りはらってしまう。お初の気性《きしょう》が、よく出ている。売った金で双方、古着ながら小ざっぱりした着物を買い、日暮里の花見寺《はなみでら》に出かけるのである。

心中の道行《みちゆき》の途中、にわか雨に遭い、どうせ死ぬなら濡れてもよさそうなものだが、きちんと番傘を買う。こんなあたりも、夫婦の人柄が出ている。

二人は、日暮里の花見寺の母親の墓前で猫いらずをのんで死ぬのだが、服用する前に気づいて、番傘の裏に、お初の筆蹟で、遺言をのこす。

安藤（歌川）広重「名所江戸百景」に描かれた花見寺

わたくしどもはふうふもの、どうぞいっしょにうめてください
十一月二十一日　金三郎
はつ

この文章の稚拙さと簡潔さは、創作ではつくりにくい。

根津神社の境内を歩きつつ、お初がこのあたりでどっこい屋をやっていたことどもを思いだした。

根津権現の社殿その他は、★130権現造りの優等生のようなつくりである。★131桃山文化が生んだ神社建築で、ほどよく重々しい。

最初の例が、京都の★132北野神社（一六〇七）だという。

ついで圧倒的な様式例が、★133日光東照宮である。ほぼ百年経って、根津権現ができる。

東照宮造営は、大工・★134指物師《さしものし》にとって、一大建築学校であった。私はその後の装飾過剰な仏壇にまで影響がおよんでいるとおもっている。

根津権現は装飾過剰ではなく、むしろくろぐろとして剛健な感じがする。造営にあたった大工たちは、東照宮時代のひとびとの孫世代の棟梁たちだったろう。

ついでながら権現造りの一特徴は、本殿の前に拝殿をならべて、そのあいだが〝間《あい》の

★130 ごんげんづくり＝神社の建築様式の一つで、本殿と拝殿を石の間、または相《あい》（間）の間と呼ばれる中殿によってつないだもの。

★131 ももやまぶんか＝安土桃山時代の文化。雄大な城郭や社寺の建築、華麗な障壁画などが特徴。

★132 きたのじんじゃ＝平安時代前期の学者菅原道真《すがわらのみちざね》を祀《まつ》る神社。北野天満宮とも呼ばれる。創建は十世紀の中頃といわれ、社殿は豊臣秀頼《とよとみひでより》によって慶長十二（一六〇七）年に造営された。

★133 にっこうとうしょうぐう＝栃木県日光市にある徳川家康を祀る神社。

★134 家具をつくる職人。

間《ま》〟で連結されている形式をいう。

境内は、閑寂で、それに江戸風の朱色が気分をおちつかせる。

京のお宮は、たとえば権現造りの祖である北野神社にしても、建物につかわれている朱が、目に痛いほどにつよい。

江戸以来の東京の神社の朱は、日枝《ひえ》神社も神田神社も、この根津神社も、おさえこんで黒ずんだ朱が用いられている。〝江戸朱〟ということばはないが、あってもいいほどに特異な朱のようにおもえる。

境内に、池がある。

根津権現の池は東大構内の三四郎池と同様、本郷台地の地下水脈が湧きだしたものであるらしい。

「古代や中世では、この湧水の池は貴重なものだったでしょうな」

編集部の村井重俊氏にいった。

人は、自然の湧泉がなければ、井戸を掘らねばならない。

井戸は、エジプトや中国は紀元前の遠いむかしから掘られていたというが、日本は弥生時代かららしい。ヨーロッパでの井戸はずっと遅れて成立した。

関東地方の台地も遅れていて井戸を掘りぬく（筒状に掘削する）技術は中世末期まで

根津神社の池

みられなかったといわれている。

平安時代の武蔵《むさし》の国では、地表をひろく掘りはじめてスリバチ状にし、底に湧いた水を汲むというふうだったそうである。

掘りかねるということから、「ほりかねの井《い》」といわれた。

もっともその素朴さが、平安朝の宮廷人にとってはロマンティックにおもわれたようで、〝掘りかね〟を、恋のもだえにたとえた古歌まである。萩谷朴氏校注の『枕草子』★135（新潮日本古典集成）の注によると、『古今六帖』巻二に、よみ人知らず「武蔵《むさし》なるほりかねの井の底を浅《あさ》み思ふ心を何に喩《たと》へむ」という歌があるそうである。さらにそれをふまえた清少納言が、『枕草子』第百六十一段に、井戸のなかでもっとも風情があるのが、ほりかねの井だという。

井《ゐ》は、

ほりかねの井。

玉の井。

走り井（註・湧泉のこと）は、「逢坂」なるが、をかしきなり。

根津の池や三四郎池は、ひょっとすると掘りかねの井が、たまたま豊富な水脈にあた

★135 まくらのそうし＝一条天皇の中宮（のち皇后）定子《ていし》に仕えた作者・清少納言《せいしょうなごん》による宮廷生活の回想・見聞、また自然・人生などに関する随想録。

って大きく湧水したものかもしれない。

いずれにしても、中世以前の武蔵人にとって、いのちの水である。

イヅミは、出水である。妄想だが、

「根泉《ねいづみ》」

が、つづまってネヅになったと考えるのはどうだろう。

むろん、古関東語の文献資料がたくさんあるわけではないから、この種の地名考は、白昼夢である。ただ根津神社の境内を歩いていて、この地が、江戸時代に甲府中納言の屋敷になったり、そのあとが神社になったりする以前から池を中心に神聖な場所だったのではないか。そう思うあまりの妄想で、他意はない。

郁文館《いくぶんかん》

本郷千駄木《せんだぎ》のあたりを歩いている。

千駄木は、本郷台東端の傾斜地である。江戸時代、駒込《こまごめ》村の集落だったが、明治後、

根津神社近辺

町家《まちや》がふえ、市街地化した。

このあたりに、夏目漱石が、一時期住んでいた。

明治三十六（一九〇三）年というと、漱石は満三十六歳であった。一月に英国留学から帰国し、三月、この千駄木の借家に入った。

家屋は昭和四十（一九六五）年までのこっていて、同年「明治村」（愛知県犬山市）にひきとられた。「明治村」の案内書に、「当時の典型的中流住宅である」とある。平家《ひらや》で、軽快な屋根勾配《こうばい》をもち、★136数寄屋《すきや》ふうのあかるさがある。

明治二十三年、偶然森鷗外も一年あまりここを借りて住んだことがあった。

漱石はこの家で、最初の小説作品である★137『吾輩は猫である』を書いた。

当時、一高講師と帝大英文科講師を兼ね、その収入は「月給は両方合わせて百二十円位」（『漱石の思ひ出』夏目鏡子述・松岡譲《ゆずる》録）だったそうである。

漱石は金銭に執着のない性格で、さまざまな義理で出銭が多く、さらには洋書の購入費が家計を圧迫して、鏡子夫人のやりくりは苦しかったらしい。

比較することにさほどの意味はないが、当時の金銭価値を知る上で、『値段の風俗史』（朝日文庫）を引用すると、明治三十九年の巡査の初任給は十二円であった。

作中、猫のあるじの苦沙弥《くしゃみ》先生は、中学教師ということになっている。

ある日、苦沙弥家に、紹介も予告もなく「金田の妻《さい》です」と名乗る鼻のながい女が入

漱石、鷗外の家

★136 茶室建築の手法を取り入れた住宅のこと。

★137 明治三十八（一九〇五）年から翌年にかけて俳句雑誌「ホトトギス」で連載された長編小説。中学教師の珍野《ちんの》苦沙弥《くしゃみ》の家を舞台に、飼い猫の目を通してそこに集まる人びとの日常を描き、近代日本に生きる人間の姿を風刺した作品。

ってきて、娘の縁談のことで苦沙弥先生に居丈高《いたけだか》に圧力をかけた。

金田というのは、近所の西洋館に住む大金持である。苦沙弥先生は、元来貨殖家を憎んでいるから、この圧力に対し、ぬらぬらとかわす。

怒った金田夫人は、いやがらせをしはじめた。

いやがらせは、こんにちの街頭宣伝車みたいなもので、車屋のおかみさんを使って、苦沙弥先生の顔は★138今戸焼《いまどやき》の狸だなどと声高《こわだか》にしゃべらせるのである。

また、金田夫人は懐柔策にも出た。金田家お抱《かか》えの車夫に、ビール一ダースを苦沙弥家にとどけさせた。

苦沙弥先生は、玄関先で突きかえす。ただしたんかがはなはだ威勢がわるい。

「俺はジャムは毎日舐《な》めるが、ビールの様な苦《にが》い者(ママ)は飲んだ事がない」

漱石は、下戸である。

苦沙弥先生もそうで、さかんにジャムをなめる。

それが家計を圧迫するらしく、ある日、机によりかかって鼻毛をぬいていると、夫人が、今月は家計が足りません、という。

「……（あなたが）ジャムを御舐《おな》めになるものですから」

今月は八つもおなめになりましたよ、というと、苦沙弥先生は、八つもなめた覚えがない、という。夫人はひるまず、

★138 東京の今戸や橋場あたりで焼かれていた素焼きの陶磁器。日用雑器や土人形などがある。

「あなた許《ばか》りじゃありません、子供も舐めます」

と、論理の基礎をひろげる。

「いくら舐めたって五六円位なものだ」

主人の留守中に、主人と大学で同窓で、美学の教師をしている迷亭がやってくる。陽気で、へらず口で、知的悪ふざけをいうためにこの世にうまれてきたような人物である。漱石の一分身に相違ない。

夫人が、迷亭にいう。

「あんなにジャムばかり嘗《な》めては胃病の直《なお》る訳がないと思います」

迷亭は、めずらしく苦沙弥先生を弁護してやる。

「……苦沙弥君などは道楽はせず、服装にも構わず、地味に世帯《しょたい》向きに出来上った人でさあ」

ここで話題を変える。

漱石の千駄木時代の客のひとりである★139寺田《てらだ》寅彦《とらひこ》（一八七八〜一九三五）のことである。『猫』の中の寒月君のモデルとされる。寺田寅彦については『寺田寅彦全集』（岩波書店刊）があり、研究書として太田《おおた》文平《ぶんぺい》氏の『寺田寅彦』（新潮社刊）がある。

寺田寅彦

★139 明治〜昭和期の物理学者、随筆家。ドイツへ留学ののち、東京帝国大学教授を務める。実験物理学や地球物理学、地震学など

寺田寅彦は熊本の五高★140で漱石に英語を教わり、大学では物理を専攻した。物理学界は明治中期まで受容時代だったが、そのあと、独創的な活動時代がはじまる。寺田寅彦は、田《た》中舘《なかだて》愛橘《あいきつ》や長岡半太郎につづく存在で、文章家だっただけに影響力はそれ以上に大きかった。

寅彦は漱石の千駄木時代、「三日にあげず遊びに行った」という。

心の重いときなど、漱石と接していると軽くなったというほどに漱石好きだった。

漱石は、『猫』のなかで、自分の分身らしい苦沙弥先生を、ことさらに精神を干からびさせ、金田夫人や車屋のかみさん同様、つまり平等に滑稽化して描いている。

寅彦が感じている漱石像と苦沙弥先生は、当然ながらちがいがある。『猫』のモデルたちが、変形させられているようにである。

寅彦が熊本での高校生時代、夏目教授の家をしきりに訪ねたころは、教授はまだ新婚時代だった。

> 先生はいつも黒い羽織を着て端然として正坐していたように思う。結婚してまもなかった若い奥さんは黒縮緬の紋附を着て玄関に出て来られたこともあった。田舎者の自分の眼には先生の家庭が随分端正で典雅なもののように思われた。いつでも上等の生菓子を出された。美しく水々とした紅白の葛餅《くずもち》のようなものを、先生が好き

幅広い分野で研究を行うかたわら、夏目漱石に師事して俳句や写生文、随筆などを多く発表した。代表作に『冬彦集』『藪《やぶ》柑《こう》子《じ》集』（いずれも吉村冬彦名義）など。

★140 第五高等学校。現在の熊本大学。

だと見えてよく呼ばれたものである。(『寺田寅彦随筆集』第三巻・岩波文庫)

平素、服装などもきちんとして、「江戸ッ子らしいなかなかのおしゃれ」(同右)だったという。

漱石没後の寅彦の述懐として、自分にとっては漱石が英文学にどう通じていようがいまいが、また大文豪になろうがなるまいが、「どうでもよかった」というのである。

寧《むし》ろ先生がいつ迄も名もない唯の学校の先生であってくれた方がよかったではないかというような気がする位である。

それならもっと長生きしてもらえたろう、という。

漱石も、多士済々のその門下のなかで、教え子でありながらかれが心から尊敬していたのは寅彦ひとりだったろう、とよくいわれる。

以下はずっとあとの早稲田南町の居宅時代のことだが、内田百閒《ひやっけん》★141(一八八九～一九七一)が、漱石と寅彦の関係の風趣についていう。

或る木曜日の晩、漱石先生が私共に向かつて、暫《しば》らくぶりに寺田が来たけれど、な

★141 大正～昭和期の小説家、随筆家。夏目漱石の門下となり、彼の死後に『漱石全集』の編集に携わる。ユーモアに富んだ作風で注目された。代表作に『百鬼園随

んにも話しをする事がないから、自分は寺田の顔を見て欠伸《あくび》ばかりしてゐた。寺田もつまらないものだから、自分の顔を見て、欠伸をし出した。両方で黙つて欠伸をして、それで半日つぶして、寺田は帰つて行つたよと話された事がある。(「寺田寅彦博士」)

そういう人が、苦沙弥先生という珍人物の〝モデル〟である。

このように漱石の人柄について触れるのは、『猫』のなかで、南隣りの車屋だけでなく、西隣りの郁文館中学校も、気の毒な役まわりになっているから、そのことへのいわば魂鎮《たましず》めのつもりである。

「ここまできた以上は、郁文館(いまは郁文館中・高校)の門前までゆきましょう」

と、編集部の村井重俊氏にいった。

「ぜひ」

と言いつつ、ほがらかにこの人が笑ったのは、日露戦争当時に書かれたこの小説のその情景のイメージが、青空に昇る風船のむれのように浮かんだらしい。

漱石もそうだが、苦沙弥先生の性格は他者への攻撃に適《む》かず、また攻撃したこともない。頑質に独りの静謐《せいひつ》をまもっている。

筆』『阿《あ》房《ほう》列車』など。

実像の漱石は、気の毒なほどに義理がたく、また義務感のつよすぎる性分《しょうぶん》であった。

さらに漱石自身に即《そく》していうと、かれは〝洋行〟をべつに名誉とはおもわなかった。

逆に、背を押しつぶされるほどの義務感だけを感じた。

ロンドンで、義務感におしつぶされるようにして下宿に籠城《ろうじょう》し、万巻の書を読んだ。目的は、平素疑問におもっている文学とは何ぞやということを知るためで、それを解決するのは、洋行の見返りとしての自分の義務だとおもったのである。

漱石は、ひとりでトンネルをうがつように、作業した。いったい文学というのは人間にとって必要なのか、もし必要ならば、それはなぜか、ということも入っていたろう。

さらには、民族によって文学の質や形態がちがう。たとえば漱石が少年のころから好きだった漢詩文という文学は、英詩や英国の小説とはちがうようで、それはなぜか、ということも入っている。

漱石はそれを解明するのが国家が自分に課した義務だと理解し、この解きあかしがたいなぞに対し、『猫』の執筆当時も、苦しみつづけ、ほとんどノイローゼ状態になっていた。

漱石は数学につよい体質でもあったから、とりあえず「十八世紀英文学」を中心として、文学というものの解明に――無理なことだろうが――科学の方法論を援用しようとした。

取材中の司馬さん（中央）

物理学者の寺田寅彦が話す専門的な話題をよろこび、「特に科学の方法論的方面の話をするのを喜ばれた」（『寺田寅彦随筆集』第三巻）という消息にも、このことがうかがえる。

ともかくも千駄木時代、そのことにくるしんでいる。

しかし『猫』の苦沙弥先生は、鼻毛を抜いている。

そこへボールがとびこんでくる。

そのボールを追って、家の庭に生徒が闖入《ちんにゅう》する。そのつど苦沙弥先生がとびだして行ってどなる。

先生は、たれかが自分を監視している、という観念になやまされていたらしい。作中、角の金田が、ついには生徒を使嗾《しそう》★142しているのだろうと考える。

「今日はこれで十六返目《ぺんめ》だ」

と、客にこぼす。

『猫』では、この学校のことを「落雲館中学」という。

落雲という熟語は辞書になさそうで、落霞ならある。夕焼けという意味である。漱石がこんな名をつけるなど、よほど虫の居所がわるかったにちがいないが、自分についても苦沙弥と名づけているから、変形の傾斜はあいこといっていい。

★142 そそのかす。悪事をけしかける。

途中、制服姿の品のいい少年に出遭ったから、学校への道をきいた。少年は、礼儀ただしく教えてくれた。

「あなたは、郁文館ですか」

「そうです」

少年は一礼して、横断歩道を渡って行った。『猫』の落雲館の生徒のイメージとはずいぶんちがっている。

横丁のようなところを入った。

やがて校門の前に出た。校庭が家屋やビルでかこまれていて、市井《しせい》と教育の場がせめぎあっているような観がある。

郁文とは、

郁郁乎《いくいくこ》トシテ文《ぶん》ナル哉《かな》。

という孔子[★143]の語録（『論語』[★144]）から採《と》られた名にちがいない。郁郁とは文明・文化がさかんで香気[★145]がある、というさまを言い、孔子が理想とした古代周王朝の本質をいう。周

★143 こうし＝中国の春秋時代の思想家。儒教の開祖。

は、前代の夏《か》王朝と殷《いん》王朝の伝統もうけており、樹勢さかんな樹の若葉がかおるように、「郁郁乎トシテ文ナル哉」とたたえたのである。

市中だから、郁文館も校庭が狭からざるをえない。おそらく土の校庭だと砂ぼこりを舞いあげて周囲に迷惑をかけることをおそれたのか、地面はコンクリートでぬりかためられている。

そこでテニスもやれば野球もやる。やがてボールがするどく私の頭上をかすめた。まことに郁郁乎である。

孔子がいうこのことばには、伝統という語感が入っているから、その外《そ》れボールが、夏と殷のむかしをふまえているようで、おかしかった。

無縁坂

東京大学は、旧幕府の遺産を継いでいる。

明治維新で成立した新政府は、旧幕府の漢学の最高学府である湯島の★146昌平黌《しょうへいこう》を接収し

★144 ろんご＝孔子の弟子の、そのまた弟子によって編纂されたといわれている。孔子の思想を最も正確に伝える文献とされる。

★145 良い匂《にお》いがすること。

★146 江戸幕府の学問所。もともとは幕府の文教を担当した林家の私塾だったが、徳川綱吉の時に神田湯島に移され、官学（幕府が認めた学問）の振興が図られた。

た。

これを「大学校」と称し、学校行政の最高機関とした。やがて廃され、昌平黌は記念的なものになる。その敷地建物は国有財産として、いまも文部省が管理している。


旧幕府は、神田一ツ橋に洋学機関として開成所をもっていた。

新政府はこれを接収して開成学校とし、やがて大学南校とした。理工科系統の学問の府で、〝南校〟というのは、昌平黌からみた方角である。

ほかに、大学東校が設けられた。

旧幕府の医学教育機関を接収したもので、これを神田和泉《いずみ》町（佐久間町の北側）の旧藤堂藩邸にあった旧幕府の病院に移した。ここは昌平黌からみて東にあたる。

この医学教育機関は、その後、東京医学校と改称し、ついで本郷台に移ってから、現在の東大医学部になる。

東京医学校時代、建物の多くは、藤堂藩邸のころのままだったらしい。

のちの東大医学部であるこの大学東校の発足は明治二年十二月であった。

このときの学制では、正則と変則にわかれていた。〝正則生徒〟は、いっさい西洋語で読み書きし、聴く。

開成学校

変則は、日本語で翻訳された本を読み、日本語で講義を聴く。いわば、速成科といっていい。正則が五年のところを、変則は三年で済ませた。

それぞれ、予科がついていた。その後の五年制中学校や三年制高等学校が未整備だったから、予科を必要としたのである。予科から本科にあがるとき、試験がおこなわれた。合格しないと容赦なく退校させられた。

明治七年、東京医学校と改称され、変則も廃された。授業は主としてドイツ語でおこなわれるようになった。

森鷗外は、明治七年、この学科の予科に入るのである。日本語としての予科の予はのち〝豫〟になるのだが、このころ〝預〟だった。

明治五年の資料をみると、予科は百十四人で、本科は四十一人しかいない。落第退校の率の大きさがわかる。

鷗外・森林太郎《りんたろう》のことである。

★147 石見《いわみ》の山峡《やまあい》の小藩（四万三千石）の★148 典医の家にうまれた。家格は低くなかったが、家禄は五十石にすぎなかった。

津和野は亀井氏十一代の城下で、文でふかく耕された藩であった。漢学だけでなく、江戸後期には国学もさかんで、さらに蘭学がくわわった。

★147 石見国津和野《つわの》藩のこと。現在の島根県津和野町周辺。
★148 てんい＝江戸時代、将軍家や大名に仕えた医師。御典医とも。

典医としては、森家の縁戚の西家もきこえた家で、西家から★149西周《にしあまね》（一八二九〜九七）が出る。鷗外にとってつねに先達《せんだつ》というべき存在だった。

西周は早くに江戸に出て洋学をまなび、幕府の蕃書調所《ばんしょしらべしょ》（のちの開成所）の教授手伝並になった。

さらには幕末、幕府から派遣されてオランダに留学し、ライデン大学で政治、経済などを学んだ。幕末・明治にかけて、西周が果たした啓蒙的役割は大きく、私どもの日本語も、西周が対訳した語彙《ごい》が多い。

鷗外は幕末にうまれ、満六歳のとき明治維新をむかえた。

維新のときも津和野はほぼ平穏で、明治元年、鷗外は親戚の者に★150『孟子』を学んだ。そのあと、藩校養老館に通って★151五経をまなんだ。かたわら父や近所の室良悦という人からオランダ文典を学ぶ。津和野の環境そのものが学校だったのである。

明治五年、十歳のときに父とともに東京に出た。

当座、旧藩主亀井家の下屋敷（向島小梅村）に住み、やがて父は千住《せんじゅ》で医院を開業する。

右の十歳のとき、縁戚の西周の屋敷にあずけられた。そのころ西周は神田小川町に居をかまえて、神田一ツ橋の開成所に通い、明治初年を代表する知性であった。

★149 幕末〜明治時代の思想家。洋学を学ぶために脱藩。将軍・徳川慶喜《よしのぶ》の政治顧問として講義を行う。維新後は、近代軍制の整備にも携わった。

★150 もうし＝中国・戦国時代の思想家で、自ら孔子の継承者を称し、性善説を唱え、仁や孝悌《こうてい》を重んじた孟子が行った遊説《ゆうぜい》や問答、語録などを集成した書物。

★151 ごきょう（ごけい）＝儒教の経典のうち最も重要な五種の書。易経《えききょう》・書経・詩経・礼記《らいき》・春秋《しゅんじゅう》。

十歳の鷗外は西周のもとから本郷台の壱岐殿坂《いきどの》にあった進文学舎に通い、ドイツ語をまなんだ。東京に引越してきても、津和野の学問の風にくるまれていたといえる。そういう鷗外が、自分の属する風土から離陸するのは、東京医学校予科に入ってからである。寄宿舎に入った。

学校に這入ったのは一月である。寄宿舎では二階の部屋を割り当てられた。

と、鷗外四十七歳のときの作品である『ヰタ・セクスアリス』★152に書かれている。右は、鷗外自身の履歴と符合する。

入校は、明治七（一八七四）年、十二歳のとしであった。

十二歳では若すぎるというので、父や西周たちが二つ鯖《さば》を読ませ、万延元（一八六〇）年うまれということにした。

『東京帝国大学五十年史』（昭和七年刊）によると、大学東校時代、入学をねがう者は、美濃紙竪六切《たてむつぎり》という細い紙をつくって、そこに、肩書と氏名、さらに干支何歳《かんしなんさい》と書く。また何藩もしくは何県の印、庶人の場合は管轄庁に印を捺してもらう。

鷗外のころは毎年九月に入学ということになったが、その前は毎月五のつく日が入学日で、生徒がさみだれのように入ってきた。ただし、入学後、半期ごとにおこなわれる

★152 明治四十二（一九〇九）年に「スバル」に発表された短編小説。タイトルはラテン語で「性生活」を意味し、主人公金井湛《しずか》の幼年期から青年期に至るまでの性生活を綴る。

試験で淘汰《とうた》される。

ともかくも十四歳の鷗外は、

「予科生徒」

という身分になったのである。

ついでながら、この年齢の鯖読みは、やがて官吏（陸軍軍医）になってゆく鷗外につ
いてまわり、ときにそのことが苦だったのではないか。

晩年、陸軍軍医総監から帝室博物館総長になり、六十二歳（実際は六十歳）のとき死
の床に就き、有名な遺言を書くことになる。

「死ハ一切ヲ打チ切ル重大事件ナリ、奈何《いか》ナル官権威力ト雖《いえども》、此《これ》ニ反抗スル事ヲ得ズト
信ス、余ハ石見人森林太郎トシテ死セント欲ス」

この禅的な解放感のなかに、官歴の年齢からも解放されるという気分がふくまれてい
たにちがいない。

東京医学校のことである。

鷗外が十二歳で入った明治七年一月、なおも学校は神田和泉町の旧藤堂藩邸にあった。

この時期の医学校の環境がどうだったかについては、低湿で病院を置くのにふさわし
くないと記録はあるものの、他に手記のたぐいが見あたらない。

ありがたいことに鷗外が五十三歳、大正四（一九一五）年に書いた『雁《がん》』によってわずかに知ることができる。

話を前後させる。

『雁』には、

「末造」

という高利貸が登場する。明治初年の平民らしい名で、名だけでもさまざまなことを想像させる。

この作品は、岡田という、姓だけの医学生が主人公である。士族出身らしい自律性に富んだ若者で、この時代に短艇を漕ぎ、成績はほどほどにとどめるといった余裕をもった学生生活を送っている。

その岡田と、末造の妾お玉との淡い交情を運命的にえがいたのが『雁』なのだが、末造の描き方が入念で、みごとというほかない。いまはファイナンスなどとよばれる高利貸という職業は、明治時代、社会のどの層からも疎《うと》まれていた。

そういう男が妾を持ちたがったという情念の質感についても、鷗外は、末造の尻のあたりの脂《あぶら》がにおってくるように書く。

『雁』の舞台となった無縁坂（一九六七年頃）

末造の高利貸としての出発は、神田和泉町の医学校の寄宿舎においてであった。寄宿舎は、旧藤堂屋敷の門長屋《もんながや》がそのままつかわれていた。

門長屋は、「灰色の瓦を漆喰《しつくい》で塗り込んで、碁盤の目のようにした壁」をもち、そのところどころに、「腕の太さの木を竪《たて》に並べて嵌《は》めた窓」があいていた。『雁』では、鷗外は窓を気にする。

学生はその中で、ちと気の毒な申分《もうしぶん》だが、野獣のような生活をしていた。勿論《もちろん》今はあんな窓を見ようと思ったって、僅《わず》かに丸の内の櫓《やぐら》に残っている位のもので、上野の動物園で獅子《しし》や虎を飼って置く檻《おり》の格子なんぞは、あれよりは迴《はる》かにきゃしゃに出来ている。

どうも岡田や〝僕〟の予科時代の寄宿舎はひどい環境だったらしい。もっとも鷗外が予科に入学した明治七年、学校当局もよくわかっていて、学校および病院の移転についての議を政府に提出している。

無縁坂のお玉の家（末造の妾宅）は、坂に面して肘掛窓《ひじかけまど》が開いている。その肘掛窓は、竪は竹、横は二段ばかり細木《ほそぎ》がわたされ、蔓《かずら》で巻かれていて、風情ありげである。

内側は紙障子になっている。

その紙障子がときにあいていて、★153銀杏返《いちょうがえ》しのさびしい顔の美人――末造の妾お玉――が、そとをながめている。ある日、坂をくだってきた岡田と目があい、お玉が微笑する。

この章は、無縁坂について書いている。

無縁坂を有名にしたのは『雁』で、医学生岡田が、日課のように時をきめてこの坂をくだり、散歩をするのである。

作品のなかで、〝僕〟というのが語り手になっており、〝僕〟は鷗外の履歴と符合する。〝僕〟や岡田が下宿しているのは、大学の★154鉄門のむかいの「上条《かみじょう》」という下宿屋であった。

つまり、〝僕〟や岡田は予科のときに神田和泉町の旧藤堂藩邸ですごし、在学中のある時期、大学が本郷台に移転したのにともない、ふたりは鉄門前の「上条」に下宿したことになる。ところで、現実の鷗外は卒業前、この「上条」が焼けるという不運に遭い、ノート類をうしなった。

鷗外らしい〝僕〟が、神田和泉町（『雁』では下谷）時代を回想する。

その寄宿舎には学校が備っている小使さんが幾人かいて、封建時代の★155中間《ちゅうげん》のように、

★153 髻《もとどり》の上を左右に分けて半円形に結んだ髪型。江戸末期から流行し、明治～大正ごろが最盛期であった。

★154 作中の明治十三（一八八〇）年当時は東京大学の正門。その後、東大医学部の通用門となり、転じて、東大医学部の俗称ともなった。

★155 侍と小者《こもの》の間の身分に位置する者。公家や武家、寺院などで召し使われ、雑務に従事した。

学生が個人的な使い走りにつかうことができた。焼芋やはじけ豆を買いにやらせるのである。使い賃は二銭で、学生が出す。

末造はそんな「小使」のひとりだった。かれはいつのまにか小銭を貯め、学生相手の金貸しをやりはじめた。やがて蓄財して、大学が本郷に移るころには、一人前の高利貸として池之端に住んだ。

〝僕〟は末造のそんな前身を知っているが、岡田はそういうことに疎いたちで知らなかったようである。

岡田は、毎日、無縁坂をくだる。

この坂は、幕府瓦解までは、越後《えちご》高田十五万石の榊原《さかきばら》家の藩邸の北側にあって、片側だけの家並《やなみ》がさびしく坂に沿って傾斜している。

藩邸は、岡田たちの明治十年代には、三菱の岩崎邸になっていた。

片側には岩崎邸の石垣がつづいていて、これは旧藩邸以来のものらしく、『雁』では「苔蒸《こけむ》した石と石との間から、歯朶《しだ》や杉菜が覗いていた」といい、はなしのあとのほうで蛇が出てくるにふさわしい。

しかし〝僕〟が『雁』を書いているはるかな後年のこの坂では、岩崎邸の塀は様《さま》変りしていて「巍々《ぎぎ》たる土塀」★156になっている。

★156 高く大きいさま。また、おごそかで威厳のあるさま。

無縁坂あたり

この岩崎邸は、第二次大戦後の財産税で国家に物納され、いまは国有財産になっている。財産税は戦後の農地解放とともに革命の代替作用をはたしたというべきもので、戦後の安定に大いに役立った。

「土塀じゃありませんね」

坂をくだりながら、編集部の村井重俊氏がいった。

石垣である。

それも『雁』でいう江戸時代の石積みらしいものでなく、おそらく戦後のものか、石と石の間に隙間がなく、従って『雁』の明治十三年当時のように蛇が巣食うこともない。また「巍々たる土塀」でもなかった。

塀一つが、明治十三年から、二度も変ったのである。

しかし、旧榊原藩邸・旧岩崎邸の規模はのこっているのである。いまは、司法研修所になっている。

片側の家並も、変った。

明治十三年の『雁』のころは、

坂の北側はけちな家が軒を並べていて、一番体裁の好《い》いのが、板塀を繞《めぐ》らした、小さいしもた屋★157、その外《ほか》は手職をする男なんぞの住いであった。店は荒物屋★158に烟草屋《たばこや》

★157 商店ではないふつうの家。また、商店をやめた家。

★158 あらものや＝家庭用の雑貨類を売る店。雑貨屋。

位しかなかった。中《なか》に往来の人の目に附くのは、裁縫を教えている女の家で、昼間は格子窓の内に大勢の娘が集まって為事《しごと》をしていた。

というようなぐあいで、裁縫のお師匠さんの家だけが、娘たちがぎっしりつまっているだけに、華やいでいなくもない。ここにも〝格子窓〟という、内から外がみえて、外からは見えにくいという窓が有効な役割をはたしている。娘たちは、坂を学生が通ると、おしゃべりをやめて一斉に顔をあげてみる。

『雁』には、裁縫の師匠についても、言う。「お貞《てい》と云って、四十を越しているのに、まだどこやら若く見える所のある、色の白い女」というのだが、前歴が、江戸時代、本郷台上の加賀前田家の奥でつとめていたというのがおもしろい。

詞遣《ことばづかい》が上品で、★159お家流の手を好く書く。

この師匠が、作品のなかで重要な役割をはたすわけではないのだが、明治十三年ごろの本郷台周辺にはいかにもこういうひとがいたろうと読者がおもえば、静かな女下駄の音まできこえてきそうである。そのとなりに、お玉の家がある。

ただ、裁縫の師匠やお玉が住んでいたらしい並びは、赤レンガ造りのマンションにな

★159 書道の一流派、青蓮院流。江戸時代に広く流布した。

格子窓のある家

っている。

様《さま》はちがうが、人目がすくなく、坂の下から現代の末造がひそひそとのぼってきても、おかしくはない。『雁』のころとおなじように、このあたりの光は紗《しゃ》を通したように強くない。

岩崎邸

漱石の『吾輩は猫である』に、十七、八の可愛い女学生が出てくる。

この家のあるじの苦沙弥《くしゃみ》先生の姪で、雪江といい、皮肉屋の猫でさえ、「綺麗な名の御嬢さん」と名前をほめる。

ただし顔については、冷静である。

一寸《ちよつと》表へ出て一二町あるけば必ず逢える人相である。

『吾輩は猫である』の初版本（岩波書店蔵）

服装は女学生らしく、靴を履き、紫色の袴をひきずり、髪を算盤珠《そろばんだま》のようにふくらませている。ある日、苦沙弥先生の不在中にあそびにきて、小さなこどもたちにお噺《はなし》をきかせてやる。

「昔ある辻の真中に大きな石地蔵があったんですってね」

お噺のなかの辻は馬や車が通るにぎやかな場所だったから、町内の人達が石地蔵を移転させようとした。

まず力持ちの男が出てきて、石地蔵と格闘したが、うごかない。

そこで知恵者が出てきて、牡丹餅《ぼたもち》を見せびらかした。

「地蔵だって食意地が張ってるから牡丹餅で釣れるだろうと思ったら、少しも動かないんだって」

そのつぎの人は、贋札《にせさつ》をこしらえて「さあ欲しいだろう」と見せびらかした。が、ききめはなかった。

それではというので、法螺《ほら》吹きが出てきた。まず巡査の服装をしておどしたが、地蔵はうごかない。

法螺吹きは腹をたてた。雪江さんは、いう。

「……今度は大金持ちの服装《なり》をして出て来たそうです。今の世で云うと岩崎男爵の様な顔をするんですとさ。可笑《おか》しいわね」

この時期、漱石は千駄木《せんだぎ》五十七番地に住んでいたから、無縁坂に長い塀をもつ岩崎邸のあたりはよく知っていて、大金持の代表に仕立てたのに相違ない。

この邸は本郷台の東縁にある。

いうまでもなく、岩崎家とは三菱会社を創設した★160岩崎弥太郎《いわさきやたろう》（一八三四〜八五）の家である。

ただし、漱石が『猫』を書いたころは、この土佐《とさ》出身の★161豪邁な実業家はすでになく、屋敷のあるじは嫡男の久弥《ひさや》（一八六五〜一九五五）という、控目でもの静かな四十前後の人物であった。

「岩崎の様な顔ってどんな顔なの？」

苦沙弥先生の小さな女の子がきくと、雪江さんもこまった。

「只《ただ》大きな顔をするんでしょう」

漱石は、生涯書生の気分ですごした人だから、滑稽なほどに、あるいは★162癇症《かんしょう》なくらいに大金持ぎらいだった。といって、現実の大金持をみたことがない点で、雪江さんとかわらない。

石地蔵はそれでも動かず、そのあと殿下に化けた人が出てきたがきかず、ついでゴロツキをおおぜいやとって脅迫させたが、やはり動かなかった。

★160 明治時代前期の実業家。土佐藩出身。明治維新後、藩営の大坂商会を引き継ぎ、九十九《つくも》商会と改称して私商社として独立させた。同商社は海運と通商を行い、三川《みつかわ》商会、さらに三菱《みつびし》商会と改名。新政府の保護を受けて海運事業を独占し、三菱財閥の基礎を築いた。

★161 ごうまい＝気性が強く、人よりもすぐれている様子。

★162 ちょっとした刺激で怒る性質。激しやすい気質。

最後に、町内で馬鹿竹とよばれている馬鹿が地蔵の前に出てきて、〝地蔵様、町内のものが、あなたに動いてくれと云うから動いてやんなさい〟と云った。地蔵はたちまち感じてくれて、

「そうか、そんなら早くそう云えばいいのに」といってのこのこ動き出したそうです、ということで、話はおわる。

「夫《そ》れからが演説よ」

「まだあるの?」

と、小さな女の子が、きく。

じつは、雪江さんは、先日、女学校に講演にきた八木先生という人の講演を受け売りしてしゃべっているのである。

八木先生は、★163鷹揚《おうよう》に落ちついていて、顔が長くて、その上、天神様のようなひげをはやしているから、だからみんな感心して聞いていた。雪江さんはいう。

八木先生の結論は、だからみなさんも馬鹿竹になりなさい、ということなのである。馬鹿竹のような正直な★164料簡《りようけん》になれば、「嫁姑の間に起《おこ》る忌《いま》わしき葛藤《かつとう》の三分《さんぶ》一《いち》は慥《たし》かに減ぜられるに相違ない。人間は魂胆があればある程、其魂胆が祟《たた》って不幸の源をなすので」というのが八木先生の結論であった。

後年、漱石は自己を救いだすために〝則天去私〟という境地を考えだした。魂胆を去

★163 余裕があって目先の小事にこだわらないこと。

★164 考え。分別《ふんべつ》。思慮。

るというのが去私で、つまりは馬鹿竹とおなじように地蔵という虚空《こくう》に住んでいればいいということである。漱石は若いころ禅に凝ったことがあるから、こんな寓話を考えだしたのかもしれない。

それとも、かねがね女学校ぎらいの気《け》があった漱石は、当節の女学校ではばかな話をする、というからかいの意味でこんな話を挿んだのかもしれない。

旧岩崎邸[★165]について書こうとしている。

この邸は戦後の財産税の物納によっていまは国家の財産になっている。邸内ぜんたいが司法研修所としてつかわれているから、建物や林泉の管理はゆきとどいているはずである。

当然ながら、なかに入るには、手続が要る。そのことをあらかじめ終え、日時を期して出かけた。

なるほど、門を入ると、広大なものである。芝生がひろく、すみずみの林が外界をさえぎっていて、庭を見るだけでも大したものである。正面の洋館は、明治の記念的な西洋館として、一九八二年六月発行の郵便切手にもなった。

竣工は明治二十九（一八九六）年だから、『猫』が書かれる九年前で、近隣の評判だったにちがいない。

★165 東京都台東区に存在した岩崎家の旧邸。現在は都立庭園として整備されている。

旧岩崎邸庭園

設計は、神田のニコライ堂[★166]を設計した英国人ジョサイア・コンドル[★167]（一八五二〜一九二〇）である。ニコライ堂もそうであるように、ヨーロッパにおける諸様式が、自在にとり入れられている。

木造だから風霜による傷みがはなはだしいが、よく補修されていて、美観はすこしもそこなわれていない。

二階だての上に、ドームをかぶった塔屋が上《あ》げられており、多くの窓が、一つずつ三連のアーチになっており、外壁の過不足ない彫刻とともに、目を退屈させない。ともかくも浮薄でなくてぜんたいに華やいでいるあたり、コンドルにとって会心の作だったにちがいない。

私どもを応接してくださったのは、この研修所の教官である村上光鵄《むらかみこうし》判事であった。名刺に司法研修所の住所が、小さく印刷されている。東京都文京区湯島四ノ六ノ六とある。

旧岩崎邸は広大で、どの地点をもって住所表記としていいか迷いそうである。それに明治以来、東京の地名は何度もかわった。

『岩崎久弥伝』（岩崎家伝記刊行会刊）をみると、湯島四丁目ではない。

★166 日本ハリストス正教会東京復活大聖堂の通称。明治二十四（一八九一）年にニコライ師によって設立された。

★167 建築家。明治十（一八七七）年に来日し、工部大学校造家学科の教授となる。東京帝室博物館や鹿鳴館《ろくめいかん》なども設計し、西洋建築の導入に努めた。

★168 ふだいだいみょう＝江戸時代大名の分類のひとつ。関ケ原の戦い以前から徳川家に仕え、幕府の要職にも関わる家臣。

★169 あねがわ＝元亀《げんき》元（一五七〇）年に近江国《おうみのくに》（滋賀県）の姉川河原において、織田信長・徳川家康の連合軍が浅井長政《ながまさ》・朝倉義景《よしかげ》の連合軍を破った戦い。この

久弥の家は下谷茅町《かやちょう》(現在の文京区茅町《ママ》一丁目)にあった。そこは父弥太郎が旧舞鶴藩主子爵牧野弼成の邸地八千五百余坪を購《あがな》い、明治十五年八月(註・死の三年前)湯島梅園町の家から引移った所である。その後周囲を買い足して約一万四千四百坪にひろげたが、久弥はこれに日本家五百坪と洋館及び付属家を増築した。竣成したのは明治二十九年である。

文中、下谷茅町とあるのは、いまは台東区になっており、岩崎家が購入した当時は、下谷区に属していた。

ところで、『岩崎久弥伝』は、この土地の江戸時代の歴史については、薄情である。この屋敷地は、もとは榊原家の藩邸であった。家康の江戸入りから幕府瓦解まで三世紀ちかく一貫してこの譜代大名★168の藩邸でありつづけた。

榊原家は家康の祖父の代からの譜代である。康政《やすまさ》(一五四八〜一六〇六)の代になって、大いに顕《あらわ》れた。

家康は康政が自分より六つ下ということもあって、手足のようにつかい、戦場ではつねに困難な局面にあたらせた。★169姉川、★170三方《みかた》ケ原、★171長篠の合戦に功名し、とくに勃興期の秀吉と対峙《たいじ》した★172長久手《ながくて》の戦いでは先鋒になって火を噴くように戦い、徳川家の四天王といわれた。他の三人は、井伊直政、酒井忠次、本多忠勝である。

敗北が、浅井氏と朝倉氏の滅亡のきっかけとなった。

★170 元亀三(一五七二)年、武田信玄が徳川家康を遠江国《とおとうみのくに》(静岡県西部)の三方ケ原で破った戦い。京都を目指して西上していた信玄は、家康を居城の浜松城から三方ケ原へとおびき出し、これを撃破した。

★171 ながしの=天正三(一五七五)年に三河国《みかわのくに》(愛知県東部)長篠城の西方の設楽原《したらがはら》で行われた、武田勝頼と織田信長・徳川家康連合軍の戦い。銃を効果的に使った連合軍が圧勝した。

★172 羽柴(豊臣)秀吉と徳川家康・織田信雄《のぶかつ》連合軍が尾張国《おわりのくに》(愛知県西部)長久手で繰り広げた戦い。同国小牧《こまき》で展開された合戦と合わせて、小牧・長久手の戦いという。信長死後の織田政権の継承問題が発端《ほったん》となった。

徳川の世になり、譜代大名の上席になったものの、その領国は、譜代大名の多くがそうであったように、転々とさせられ、民治に功をあげることができなかった。

寛保元（一七四二）年、越後《えちご》高田十五万石のぬしになって、ようやく落ちつき、幕府瓦解までの百二十七年間、高田の榊原家ということで、多少の治績をあげた。

江戸後期の政令《まさのり》（一七七六〜一八六一）という人が、名君だったという。

藩財政が窮迫していたため、越後高田へのはじめてのお国入りのときも、殿様は駕籠《かご》を用いず、わらじばきで領内に入ったといわれている。

政令は、平素、庶民の暮らしをよく観察し、人材を登用し、経済政策においてじつに的確だった。

高田城の奥にまで城下のあんまをよばせ、人ばらいして、役人の評判や物価のことをきいたという。

また越後高田領の稲荷中江《いなりなかえ》で用水を開削し、このおかげであらたに水田五千町歩を得、三十六カ村をうるおした。

さらには、犀浜《さいはま》七里の沿岸砂丘に松をうえて飛砂をふせぎ、また堀を掘って無用の湛《たん》水《すい》を日本海におとすなど、治績はいまなお土地で感謝されている。

榊原家の江戸屋敷は、このほか、神田小川町、本所五ツ目、深川八幡などにあった。

この藩邸は、下《しも》屋敷になったり、中屋敷になったり、ときに上《かみ》屋敷になったりした。武家地に町名はないが、家中《かちゅう》では、

「下谷《したや》池之端《いけのはた》のお屋敷」

とよんでいた。

初代康政が家康からこの本郷台東縁の地をもらったのは、地勢からみて、江戸城防衛のためだったといわれている。

中興の祖ともいうべき右の政令がうまれたのも、この屋敷においてだった。

幕府瓦解とともに、榊原家はこの藩邸を、おなじ譜代大名の舞鶴城主牧野《まきの》弼成《すけしげ》★173にゆずった。その事情は、維新のどさくさの時期だから、よくわからない。

その前後、維新早々のころの薩摩《さつま》の代表的な軍人で、のちに西郷隆盛をかついで西南戦争をおこした陸軍少将桐野《きりの》利秋《としあき》★174（一八三八〜七七）が、わずかな期間ながら、ここに住んでいたといわれている。

藩邸ぜんぶを所有していたのではなく、ひょっとすると、その一部である龍岡町のあたりだけだったかもしれない。

話が岩崎弥太郎のことにもどるが、久弥ら子弟の教育に心をくだいた。

久弥の十代のころ、弥太郎はこの嫡子や次男たちのために寮制の設備をもうけ、起居

★173 一八五四年〜一九二四年没。明治〜大正時代の大名、華族。子爵《ししゃく》。

★174 幕末〜維新期の志士、軍人。征韓論に敗れた西郷隆盛とともに下野したのち、西南戦争を起こし、鹿児島・城山で戦死した。

させた。学寮は当初は駿河台《するがだい》にあったが、のち、

本郷龍岡町桐野利秋の邸跡に移し雛鳳館《すうほうかん》と称した。（『岩崎久弥伝』）

とある。この箇所だけに、かつてここにいた桐野利秋の名が出てくる。

学寮は粗衣粗食だったようで、指導したのは、★175南摩綱紀《なんまつなのり》（一八二三〜一九〇九）や★176秋月悌次郎《あきづきていじろう》（一八二四〜一九〇〇）といった旧会津藩出身者だった。

会津は★177戊辰《ぼしん》のとき〝賊軍〟などといわれたが、この明治十年代には、その士風の堅固さや教育水準が高かったことが世間に知られるようになり、土佐出身の岩崎弥太郎までが、嫡男のために、いわば家学としたことがおもしろい。

本館にはどの部屋にもマントルピースがあり、ほうぼうにステンドグラスがある。

「なにからなにまで、コンドルさんがヨーロッパに注文し、船で運んできたものだそうですね」

司法研修所の村上光鵄判事さんは、建築史家のようにこの建物についてくわしい。

水洗便所までみせてくれた。

「わが国最古の水洗便所かもしれません」

地下道をみせてもらった。

★175 明治時代の教育者。会津の藩校・日新館、のちに江戸の昌平黌《しょうへいこう》で学ぶ。明治維新後、東京帝大や女子高等師範学校で教授を務める。

★176 秋月韋軒《いけん》。幕末〜明治時代の漢学者。十代後半から江戸に出て昌平黌で学ぶ。京都守護職に任命された藩主の松平容保《かたもり》にしたがって公武合体政策を進めた。明治維新後は五高（熊本大学）で漢学や倫理学を教える。

★177 戊辰戦争。新政府軍と旧幕府軍の一年半（慶応四〈一八六八〉年〜明治二〈一八六九〉年）に及ぶ一連の戦い。鳥羽《とば》・伏見《ふしみ》の戦いから始まり、箱館五稜郭《はこだてごりょうかく》の陥落によって、新政府軍が勝利し戦いは終わった。

地下道は、大きなパーティがひらかれるときなど、使用人が駈けまわるためのものである。

〝和館〟とよばれている書院造りの建物もあり、また独立した★178撞球場もあって、いずれも明治の記念建造物であるにふさわしい。


この岩崎邸が、戦後、財産税で物納されたことはすでにふれた。

その前の段階がある。

戦後の占領下時代、米軍に接収されて、ここに中央情報局の出先機関が置かれていたのである。

ジャック・C・キャノンという佐官が長であった。このため、〝キャノン機関〟ともよばれた。

その任務は、アジアにおける共産党活動の情報あつめだったことはよく知られている。

接収早々、岩崎久弥は八十を越えた高齢で、一室に間借りのようにして暮らしていた。

街娼をつれこんだりする占領者の野卑さに悲憤し、

「わたしの家は風紀の正しいのを誇りにしてきた。然るに彼等は泥靴で踏みにじった」

(『岩崎久弥伝』)

といったという。

★178 どうきゅう＝ビリヤード。

岩崎邸和館

神奈川県大磯で「エリザベス・サンダース・ホーム」をひらいて、敗戦の落し子というべき混血児童の保育事業に尽力した沢田美喜《さわだみき》[179]さんは、久弥の長女である。美喜さんが、

「どうせ庭の樹木も荒らされるでしょうから、よい木をすこし他所に移しましょうか」

というと、久弥は、

「全部残しておけ、去り際を清くしなければいかぬ」(同前)

と、いったという。会津人の教育がこんなところに実ったのかもしれない。

庭木といえば、村上判事さんによると、キャノン中佐はピストルで庭木に弾を射ちこむのが趣味だったようで、いまも木に弾痕がのこっているらしい。

『吾輩は猫である』のころの岩崎邸は、のどかだった。

この邸は明治国家の勃興を見、その没落も見、敗戦後の荒《すさ》みまで見たのである。

からたち寺

からたちの葉のにおいは、みかんに似ている。木は、低い。

★179 一九〇一年～一九八〇年没。ロンドンで孤児院をみて社会事業に関心を持ち、大磯にあった岩崎邸別邸を政府から買い戻し、「エリザベス・サンダース・ホーム」を開いた。

ながく鋭いとげがあって、それが用心になったのか、寺や大屋敷の生垣《いけがき》につかわれてきた。

からたちは、漢語で枳殻《きこく》という。垣のことを、

「枳殻垣《きこくがき》」

といった。芭蕉[★180]の句に、「うき人を枳殻垣よりくぐらせん」というのがある。芭蕉の人柄がわかる。

ときにいやなやつに出遭ったとき、〝ああいうひとは枳殻垣をくぐらせて家に入れたほうがいい〟とおうように笑っているような句である。軽みと俳味《おかしみ》がある。

猫や犬にとっても、からたちの垣をくぐるのは大変である。

ひょっとすると、吹くこがらしも痛いに相違ない、ということで、「枳《からたち》に木《こ》がらしいたき心かな」（巴風）という句もある。

本郷台の湯島四丁目に江戸時代から、

「からたち寺」

と通称される寺があり、本当の名は麟祥院《りんしょういん》という。

鷗外の『雁《がん》』にも、出てくる。この作品の時代は明治十三年という設定で、東大鉄門の門前の下宿屋に住む医学生の岡田が、時と経路をきめて、毎日散歩をする。その道筋

★180 松尾芭蕉《まつおばしょう》。一六四四年～一六九四年没。江戸時代前期の俳人。各地を旅して紀行文や発句《ほっく》を残し、わびやさび、軽みを尊ぶ「蕉風」と呼ばれる俳風を確立した。代表作に『奥の細道』『笈《おい》の小文《こぶみ》』『更科《さらしな》紀行』『嵯峨《さが》日記』など。

に、からたち寺がある。

寂しい無縁坂を降りて、藍染《あいぞめ》川のお歯黒《はぐろ》のような水の流れこむ不忍《しのばず》の池の北側を廻って、上野の山をぶらつく。それから松源や雁鍋《がんなべ》のある広小路、狭い賑やかな仲町《なかちょう》を通って、湯島天神の社内に這入《はい》って、陰気な臭橘寺《からたちでら》の角を曲って帰る。

鷗外自身の学生時代の散歩の道筋だったのかもしれない。このひとは満十九歳という異例の若さで、明治十四年、東大医学部を卒業する。『雁』の年代設定は、その前年のことである。

鷗外が、からたちに対し、「臭橘」などという異様な文字をあてているのは、代々の医家のうまれであることと無縁でないかもしれない。『本草綱目《ほんぞうこうもく》』という明《みん》代の薬効動植物の本にこの植物のことがさまざま出ていて、「俗ニ臭橘ト呼ブ」とある（このくだり、『広文庫《こうぶんこ》』より引いた）。医家の用語である。

一般的には、枸橘《くきつ》か枳殻の文字があてられ、たとえば京都の河原町正面にあって平安時代以来の庭園をもつ東本願寺別邸も、枳殻邸《きこくてい》という文字がつかわれている。

漱石も一般派で、枳殻寺《からたちでら》という表記を用いている。

『三四郎』のなかで、主人公の三四郎が、熊本から出てきて、当時日本唯一の大学だっ

からたち寺（麟祥院）

たこの本郷の構内に入る。

二人はベルツの銅像の前から枳殻寺の横を電車の通りへ出た。銅像の前で、この銅像はどうですかと聞かれて三四郎はまた弱った。表は大変賑かである。電車がしきりなしに通る。

漱石は、平凡に枳殻と表記しているのである。

この柑橘の一種は中国原産だそうで、日本にきて、

「唐《から》たちばな」

といわれ、略してからたちというようになったらしい。

花は白く、実は小さく、食用に適せず、薬用にされる。何にきくのか知らないが、たいした薬効はないらしい。

三四郎の時代、ひきもきらずに電車が通っていたみちは、いまは春日《かすが》通りとよばれる。湯島天神の台地を断《た》ち割ってつくられた（家康の入部前らしい）切通《きりどおし》坂を西にのぼってくる道がそれで、麟祥院に墓のある春日局《かすがのつぼね》★181（一五七九〜一六四三）にちなんだ名らしい。

春日局画像

★181 徳川家光の乳母《うば》。美濃国《みののくに》（岐阜県南部）の豪族稲葉正成《いなばまさなり》の妻。将軍継嗣《けいし》問題が起こると大御所である徳川家康のもとへ出向いて直訴《じきそ》し、家光が次期将軍の座に就くことを確定させた。大奥の統率を任され、幕府の内外で大きな権力を持つこととなる。

いまはこのあたりは文京区だが、かつて本郷区とよばれていたころ（明治十一年～昭和二十二年）、ここに区役所ができた。区役所は、麟祥院境内の一部を買いあげて建てられたそうで、そのため寺を特徴づけていた枳殻垣《からたち》がめだたなくなったかのようである。

麟祥院について鷗外は『雁』のなかで〝陰気な〟というが、明治十三年から百十余年も経ってしまったこんにち、そんな印象はなく、むしろ市井《しせい》のなかにあって、ここだけがべつの夕闇が漂うように閑寂である。

入口はせまく、山門は宏壮ではないが、扁額《へんがく》に、

「海東法窟」

と白書された文字が、★182臨済禅の道場らしく軒昂《けんこう》としている。

境内は、存外にひろい。『江戸名所図会《ずえ》』に、

天沢山麟祥院　臨済宗、江戸四箇寺の一なり。旧《もと》報恩山天沢寺と称せしが、春日局の法号を取て麟祥院とあらたむ。

とあり、もと天沢寺という大寺があったのを、春日局が存生中に同寺を菩提寺にするにあたって麟祥院にあらためたというのである。

それは将軍の命だったという。将軍の直命によって彼女だけの寺（一建立《いっこんりゅう》）ができた

★182 りんざいぜん＝中国・唐代末期の僧、臨済義玄《ぎげん》（？～八六七年没）の教えと、その実践法。日本へは鎌倉時代の禅僧、栄西《えいさい》（一一四一年～一二一五年没）が伝える。

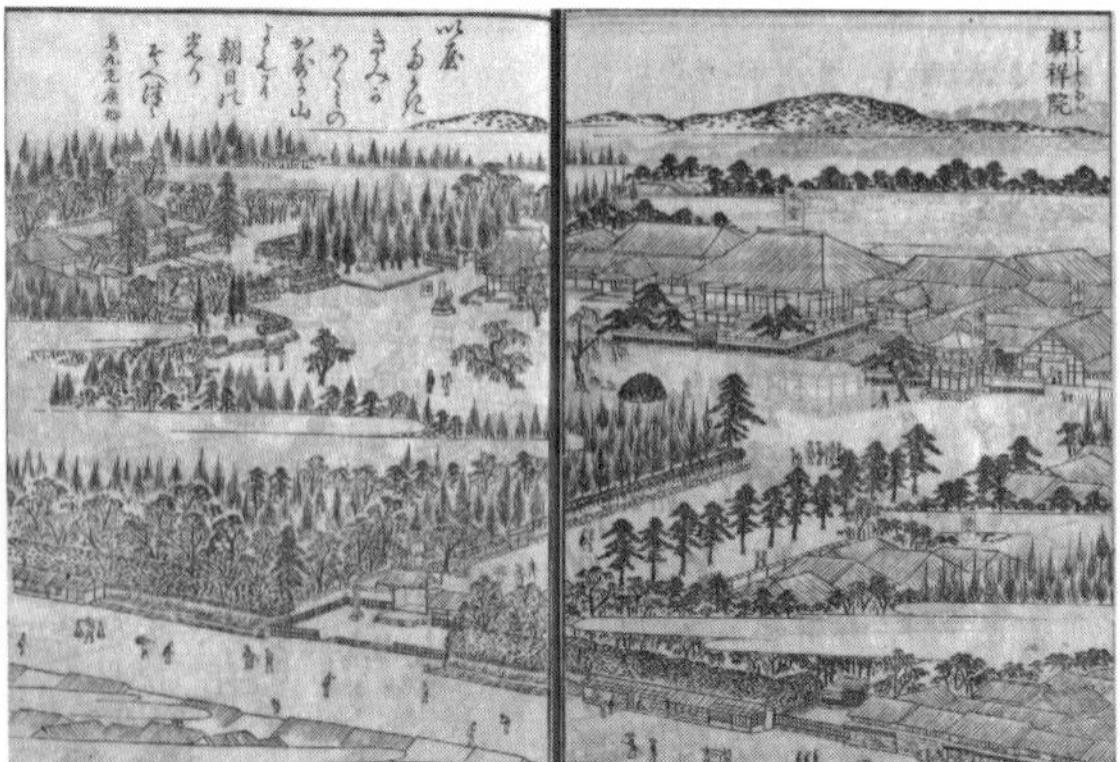
麟祥院（『江戸名所図会』より）

ということでも、春日局の勢威の大きさが察せられる。

春日局は、名を福《ふく》といった。

美濃《みの》の豪族斎藤氏の出で、父の利三《としみつ》は★183明智光秀の重臣だった。おなじく美濃の稲葉正《いなばまさ》成《なり》に嫁し、三人の男子を生み、のち正成と離別し、徳川家の大奥に入って、誕生早々の、のちの三代将軍家光の乳母になった。

『明良洪範《めいりょうこうはん》』によると、幕府は家光の誕生にあたってひろく乳母を公募すべく京の粟田《あわた》口《ぐち》に高札をたてたという。福は美濃でこのうわさをきき、上洛して京都所司代板倉勝重《いたくらかつしげ》を訪ね、そのめがねにかなったというのである。

「福どのの母御前のお里は、稲葉氏でござるか」

などと、板倉勝重はきいたにちがいない。美濃稲葉氏は戦国を生きぬき、その一族から、秀吉時代の大名が多く出ている。

離別した夫の稲葉正成は秀吉の臣で、その命によって★184小早川秀秋《こばやかわひであき》の重臣になり、関ケ原のとき、秀秋に対し、家康方に通ずるように仕むけた一人だったといわれている。戦後、美濃に帰って★185牢居《ろうきょ》したが、のち徳川家に召し出された。

父の斎藤内蔵助利三《くらのすけとしみつ》はさきにふれたように明智光秀の首席家老で、その★186驍勇《ぎょうゆう》と智謀で世に知られた人である。光秀がひとり反逆を思い、のち利三らに明かしたとき、「すでに明かされた以上は、洩れましょう」と、利三は是非もなく主《しゅ》に従った。事やぶれ、磔《はりつけ》

★183 あけち・みつひで＝一五二八年頃～一五八二年没。織田信長に重用されたが、京都・本能寺で信長を襲い自害させた。

★184 一五八二年～一六〇二年没。豊臣秀吉の養子となったのち、小早川隆景《たかかげ》の養子となる。関ケ原の戦いでの寝返りの功により、備前《びぜん》・美作《みまさか》（岡山県）五十万石を領した。

★185 謹慎して自宅に閉じこもること。

★186 強く、勇ましいこと。

に処せられた。

敗者とはいえ、斎藤利三が、板倉勝重らこの当時の武士たちの尊敬を得ていたし、このことが福についての評価を大きくしたのにちがいない。

いずれにしても福の家系には、もし時を得ていれば大名になったはずの勇者や智者が多くいた。

そういうことが、のち福自身の心の張りになっていたろう。やがて家光の家庭（大奥）を束《たば》ね、諸大名と応接し、むしろかれらのほうから彼女の鼻息をうかがわせるようにもなった。


彼女は、家光をよく養育した。

実父母の秀忠夫妻★187は、嫡男の竹千代《たけちよ》（家光）よりもその弟の国松《くにまつ》★188を愛したため、福はひそかに駿府《すんぷ》城の家康を訪ね、とりなしをたのんだ。このことで、福は外交の名手であるという評判を得る。

家康はにわかに江戸城を訪ね、孫たちに会い、わざわざ竹千代の手をひいて上段にすわらせ、国松がおなじく上段にのぼろうとするのをおさえ、

「国松はそれに居候《ゐさうら》へ」

と、下座にすわらせた。家康のこのパフォーマンスで、嫡庶《ちゃくしょ》の別がゆるがぬものにな

★187 江戸幕府二代将軍徳川秀忠《ひでただ》と、その妻・江《ごう》。
★188 のちの徳川忠長《ただなが》。一六〇六年～一六三三年没。駿府五十五万石の大名だったが、兄の将軍家光と不和になり、自刃させられた。

った。

家光が、終生、福を重んじたのは、このことがあったからだといわれる。

福は、人類の師といえるような存在ではない。

ただ比類なく聡明で、人間の表裏に通じ、天性、政治感覚があり、家光の養育にあたって、この面でつよい影響をあたえた。

すくなくとも徳川家の草創期の家臣団で、その功はきわだっていたといっていい。

秀忠は、家光に世をゆずってから、大御所とよばれた。この秀忠からも、福は信頼された。

寛永四（一六二七）年、いわゆる紫衣《しえ》事件がおこった。

幕府がその威権を示すため、宮中から紫衣をゆるされた禅僧たちに対し、かれらが朝廷からもらった勅許状を無効とした。また紫衣をとりあげ、さらにはこれに抗議をした大徳寺の沢庵《たくあん》★189らを流罪の刑に処した。

後水尾《ごみずのお》★190天皇はこのことに憤慨し、幕府への抵抗のために若くして譲位しようとした。さすがに秀忠もおどろき、おそらくみかどをなだめるために福を派遣したかとおもえる。

これには、朝廷が大いに驚き、どの公家《くげ》も腹をたてた。天皇に拝謁をもとめてやって

★189 一五七三年～一六四五年没。江戸時代初期の臨済宗の僧。のちに許されて品川に東海寺を開く。
★190 一五九六年～一六八〇年没。第百八代天皇。皇室に圧力を加える幕府に抵抗し、譲位後も院政を行う。学問・芸術を好み、修学院離宮を造営した。

きた女性が、家光の乳母というだけで、無位無官の庶民であったからである。
昇殿《しょうでん》して拝謁できる資格は三位《さんみ》以上の者でなければならず、庶民にはない。この点、将軍や大名の世界でも★191〃御目見得《おめみえ》〃という資格はきまっていて、福が知らないはずはなかった。

が、幕府は朝廷に福の参内《さんだい》を強要した。彼女が参内した寛永六（一六二九）年十月十日、★192公卿の西洞院時慶《にしのとういんときよし》はその日記に、

「希《き》代儀《だいのぎ》也」

と、ふきこぼれるような不快をこめている。

幕府としては、福という庶民を参内させることによって、公家の誇りをくだくつもりだったのだろう。福その人にどんなつもりがあったのかはよくわからないが、彼女にすれば、江戸城大奥における自分の権勢と才覚をもって天皇をひるがえしてみせる自信があったはずである。

が、さすがの彼女も、宮中の儀礼には、歯が立たなかった。

参内はしたものの、みかどは御簾《みす》のかなたにあり、彼女からことばを発することもできず、そのうち長橋の局《つぼね》という者がすすみ出て、下賜《かし》の盃《さかずき》というものを福にとらせた。福が、天盃に唇をつけると、儀式はそれでおわった。

結局、みかどは福の強行参内によって幕府への積年の憤《いきどお》りを爆発させ、ほどなく譲位

★191 将軍に謁見すること。また、その資格を持つ者。

★192 くぎょう＝公家の中でも最高幹部として国政を担う職位。公《こう》は、太政《だじょう》大臣・左大臣・右大臣、卿は大納言《だいなごん》・中納言・参議および三位以上の朝官をいう。

した。福の強行参内はむしろ朝幕のあいだを冷えさせただけでおわった。
が、福個人にとって、思わぬ〝果報〟を生んだ。朝廷のほうは一私人である福に、参内の資格を急作りでつくりあげるために、先例をしらべ、十四、五世紀の室町将軍足利義満の乳母に春日局という者がいて参内したことがあるということがわかった。そこで、彼女に春日局という名をたまわった。

「名を被下《くださる》、春日」

という記述がべつの公卿の日記にある。

三年後の寛永九年、家光の命でふたたび参内したときは、すでに後水尾天皇は譲位し、幼少の女帝明正《めいしょう》[★193]天皇の世になっていた。天皇の生母が家光の妹君であったために、福はごく気楽に拝謁できたはずである。

このとき佐幕派の公家たちが、福が無位無官ではさしさわりがあるだろうということで、大納言三条西実条《さんじょうにしさねえだ》の猶妹《ゆうまい》（義理の妹）ということにし、従二《じゅに》位《い》の位を賜わった。

江戸時代、大名はふつう従五位か従四位であった。加賀百万石のあるじの権《ごん》中納言前田利常でさえ、この時代、のぼりつめて従三位だったから、福の従二位のえらさはとほうもなかったといえる。

彼女の威福は信じがたいほどのもので、一介の美濃の浪人稲葉正成の嫁であった彼女

★193 一六二三年～一六九六年没。第百九代天皇。政争により、七歳で即位した。

の縁故により、家光時代、何人もが幕臣や大名にとりたてられたほどであった。

もとの夫の稲葉正成は累進して大名になり、のち山城淀十万石の稲葉家へとつづく。

無名時代の福を保護した稲葉氏の本家は、のち★194豊後《ぶんご》臼杵《うすき》五万石の家になる。

福は女ながら★195相模国高座《さがみのくにこうざ》郡で三千石の知行をもらっていた。大身の旗本ともいうべき分際《ぶんざい》であったが、女であるために一つの家を興すわけにいかなかった。

そこで、稲葉正成の子の正盛《まさもり》を愛し、これを少年のときから家光に近侍させた。

正盛はやがて五千石の★196堀田《ほった》加《か》賀守《がのかみ》になり、やがて一万石の大名になって若年寄になり、累進し、加増されて老中になった。のち家光の死とともに殉死した。★197下総《しもうさ》佐倉の堀田家の家祖である。

福は、この正盛の三男の正俊《まさとし》を養子にした。堀田正俊は★198将軍家綱の少年時代の小姓になり、福の没後、その遺領を継ぎ、また父正盛の殉死後、その領地のうちの一万石を相続して大名になった。

正俊は将軍家綱、綱吉につかえて、ついに大老にまでなる人物である。


猫が、いる。

石畳が京都の★199建仁寺《けんにんじ》ふうに敷かれていて、伝って奥へすすむうちに、石畳のすみに猫が横ざまに臥ていて、私どもの足音などは無視している。

★194 豊後国海部《あまべ》郡臼杵地方（大分県臼杵市）に置かれた藩。

★195 現在の神奈川県高座郡周辺。

★196 加賀国（石川県の一部）の地方長官に相当する官位。

★197 下総国印旛《いんば》郡佐倉（千葉県佐倉市）に置かれた藩。

★198 徳川家綱《いえつな》。一六四一年～一六八〇年没。第四代将軍。家光の長男。生来病弱のため、保科正之、松平信綱、酒井忠清ら重臣が実権を握った。

★199 京都市東山区にある臨済宗建仁寺派の大本山。所蔵する俵屋宗

さらに奥へすすむと、また猫がいる。気づくと、木の股や、石灯籠《いしどうろう》の上、あるいは塔頭《たっちゅう》への小径などに、猫の実《み》でも成っているようにたくさんいることがわかった。どれもが臥ている。猫にはミーティングの習性があるときいていたが、からたち寺の境内は定例の会合場所になっているのかもしれない。

「春日局は、猫好きだったのかもしれませんね」

編集部の村井重俊氏がいう。

人影は、見ない。あちこちに立札《たてふだ》が出ていて、「あぶないですから墓石や石灯籠などに手をふれないこと」などと注意が書かれている。

墓地に入った。

「春日局参拝の方は順路に従っておすすみ下さい」

とあって、矢印が出ている。墓地は迷路のようで、矢印に従わないと、迷いそうである。

最後に、石壇を築いたたかだかとした墓があって、墓前の掲示板に、「この墓は寛永二十一年に建立された当時のままのものです」と書かれている。

塔身は、卵塔である。家庭用電球のような形をしていて、僧侶の墓に多い。福はすでにのべたように、生前麟祥院という院号をもっていたから、僧侶なみにあつかわれたのかと思える。

達筆の「風神雷神図屛風」は国宝、勅使門《ちょくしもん》・方丈・竹林七賢図などは重要文化財。

卵塔は、裾が請花《うけばな》とよばれる蓮《はす》の花びら状の彫刻でささえられている。その下の竿《さお》とよばれる部分に孔《あな》が一つうがたれていて、何だろうと思ううちに、掲示板によって理由がわかった。彼女は「死して後も天下の政道を見守り之を直していかれるよう黄泉《よみ》から見通せる墓を作って欲しい」という遺言をのこしたそうで、孔はそののぞき孔を象徴したものであるらしかった。

帰路、猫たちの数がふえていた。

どの猫も飼猫らしく毛並がきれいで、夕闇のなかで、なき声ひとつたてずに静まりかえっていた。

なにやら春日局の菩提所《ぼだいしょ》らしいたたずまいにおもえた。

湯島天神

東京都（武蔵国《むさしのくに》）には、中世、城のあった土地が多い。牛込城、荏原城、石神井城《しやくじい》、世田谷城などといったものである。ただし文献の上でのことで、遺跡としてはっきりし

春日局の卵塔

ているわけではない。

城といっても近世の城のように壮麗な構造物ではなく、館や砦《とりで》のたぐいで、小規模なものが多かった。

大類伸《おおるいのぶ》監修の『日本城郭全集』（新人物往来社刊）の東京都のくだりをみても、六十四城もある。

むろん、★200太田道灌《おおたどうかん》（一四三二～八六）が十五世紀後半に築いた江戸城がずばぬけている。

本郷には城（中世の城）あとがなさそうである。

中世の城は、水田農村を郡単位で代表する国人《こくじん》のものか、一カ村ないし数カ村を代表する地侍《じざむらい》のものであった。かれらの城は、いわば水田農村を守っていた。

本郷は痩地だったから、城砦《じょうさい》がつくられなかったのか、どうか。

湯島台についてのべる。

本郷台の南東端にあって、〝不忍池《しのばずのいけ》低地〟に落ちこんでいる。

台上に、湯島天神（湯島神社）がある。

（ひょっとして、城あとではないか）

と、おもったりもする。むろん、遊び半分である。

★200 室町時代の武将。扇谷《おうぎがやつ》上杉家に仕え、長禄《ちょうろく》元（一四五七）年に江戸城を完成させる。歌人としても優れていたほか、兵法にも長じていた。

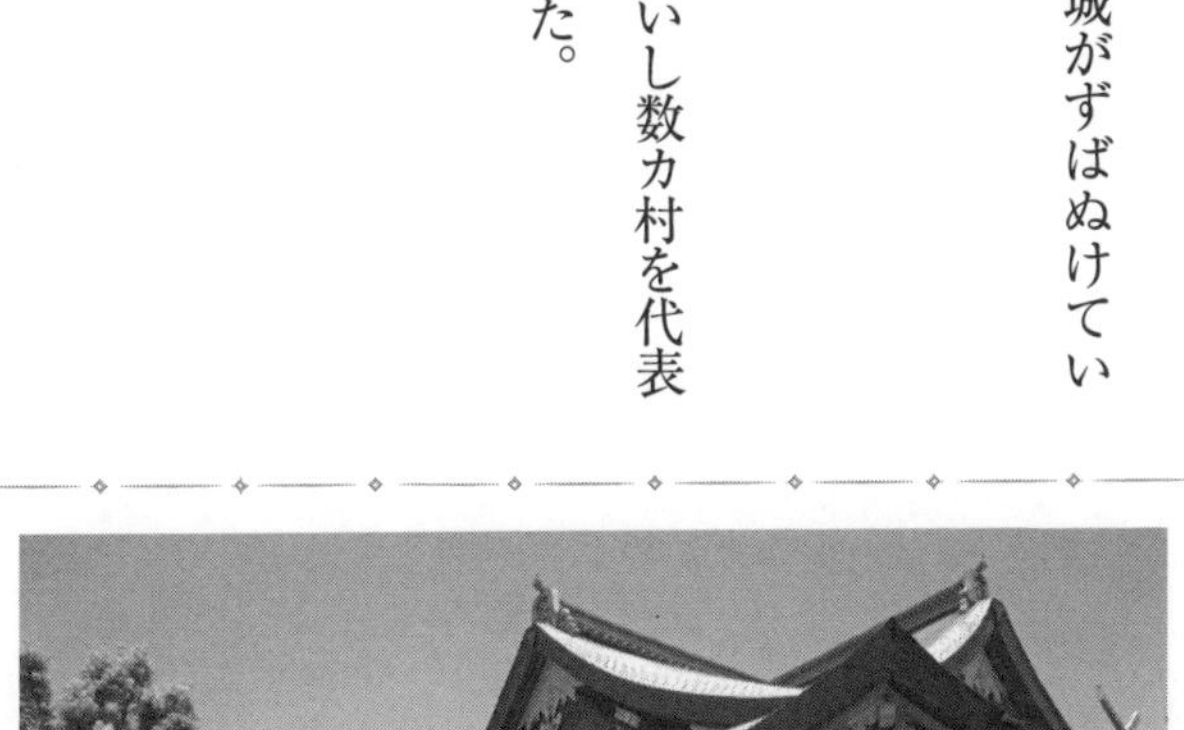
湯島天神

いうまでもなく湯島の社《やしろ》は、★201菅原道真《すがわらのみちざね》をまつる天神の社である。文和四（一三五五）年、郷民によって建立されたという。文和四年といえば室町幕府初代の足利尊氏のころで、南北朝の争乱のさなかだった。

その後、太田道灌が再興した。道灌が江戸城を築いたのは、八代将軍足利義政の長禄元（一四五七）年で、湯島天神を再興したのは察するに江戸城の鬼門（艮《うしとら》・北東）の鎮めだったのではないか。

徳川家康の江戸入国以前の武蔵の文献資料はじつにすくなく、中世の湯島についての記録も、おぼつかない。

ただ『群書類従《ぐんしょるいじゅう》』巻第三百三十六におさめられている「北国紀行」という紀行文に、湯島の名が出てくる。

筆者は、堯恵《ぎょうえ》という僧である。加賀白山《はくさん》の修験僧《しゅげんそう》であった。

生没年はわからないが、室町時代の人で、和歌と歌学で知られた人であったらしい。★202古今伝授《こきんでんじゅ》をうけた人でもあった。

著述もあり、『古今血脈抄《こきんけつみゃくしょう》』という『古今集』の注釈書をあらわした。同書によると、文明三（一四七一）年正月二十八日に『血脈抄』について開講し、同七月二十五日におわったという。そのころの京で暮らしていたことがわかる。

★201 八四五年～九〇三年没。平安時代前期の学者、政治家。漢詩、和歌、書をよくした。没後、天満天神としてまつられ、現在は学問の神として親しまれている。

★202 『古今和歌集』の解釈などを、切り紙に書いたり口伝《くでん》を用いたりして、師から弟子へと伝えること。

なにしろ、応仁文明の乱[203]のさなかのことである。

多くの公家《くげ》が都から地方に避難したが、堯恵も都を出た。文明十七（一四八五）年のことで、ひとつには地方に諸勢力が育っていて、堯恵の歌学のはなしなど聴きたいという豪族もいたのに相違ない。

「文あきらけき年の十七の秋」

と、「北国紀行」の冒頭にいう。文明十七年のことを、和様にそのように言うのが、堯恵の雅《みや》びというものであった。

まず美濃《みの》（岐阜県）にくだり、平頼数という者のもとに身をよせた。

ついで飛騨《ひだ》にゆき、越中《えつちゆう》（富山県）に入った。また越後《えちご》（新潟県）では、ゆるゆると滞留し、その間、信濃《しなの》（長野県）の善光寺に詣でた。

やがて関東に入るのは、文明十八年の末ごろであった。

角田川《すみだ》（隅田川）のほとりの鳥越（いま台東区）という海村に「善鏡といへる翁あり。彼宅に笠《かさ》やどりして」あちこちを見物した。

年を越えても善鏡方に滞留し、文明十九年正月の末、

武蔵野の東のさかひ忍岡《しのぶのをか》（忍ケ岡）に優遊し侍《はべる》。鎮座社五条天神と申侍《もうしはべ》り。おりふし枯《かれ》たる茅原を焼侍《やきはべ》り。

★203 おうにんぶんめいのらん＝室町時代末期にあたる応仁元（一四六七）年～文明九（一四七七）年に京都を中心に全国規模で展開された内乱。東軍（細川勝元《かつもと》方）と西軍（山名持豊《もちとよ》〈宗全《そうぜん》〉方）に分かれてはげしい戦いが繰り広げられた。

忍岡は、現在の上野公園の一帯である。その岡にも天神のやしろがあって、五条天神とよばれていた。

道真をまつるのは、湯島だけではなかったことがわかる。

堯恵はこのあたりで、野焼《のやき》の煙のたつのをみた。枯草を焼いて虫をころし、春の芽ばえを待つのである。

忍岡にのぼれば、谷（不忍池低地）むこうに当然ながら湯島の台地がみえる。

堯恵は当然ながらそこへゆきたかった。ある日、野焼の煙のこめた谷を経て、湯島にのぼってみた。

> ならびに湯嶋《ゆしま》といふ所有《あり》。古松はるかにめぐりて。しめのうちにむさしの（註・武蔵野）の遠望かけたるに。寒村の道すがら野梅盛《のばいさかん》に薫《くん》ず。これは北野御神《きたののおんかみ》（註・菅原道真のこと）と聞えしかば。

堯恵は、そこにまつられている神が都の神（京の北野天満宮）であることがうれしかったらしい。

天神の境内には梅をうえるのが、京都以来の型である。文中、「寒村の道すがら」とあるのは、寒村でありながら都の型をわすれずに野梅をうえているじゃありませんか、というよろこびがこめられている。

天神のやしろ造りは、京都の北野神社（北野天満宮）だけでなく、大阪の天満宮や周防《すおう》（山口県）の防府《ほうふ》の天満宮、あるいは太宰府《だざいふ》の天満宮でも、あかあかと華やいでいる。

道真の菅原氏は代々官人というひくい身分で、その氏《うじ》はごく庶民的な土師《はじ》氏だった。学問と人柄によって藤原氏をさしおいて高位にのぼった。不幸にも藤原氏の讒訴《ざんそ》★204にあい、太宰府に配流《はいる》され、かの地で死ぬ。もし現世に在《おわ》すならこのような第館《だいかん》★205こそふさわしい、という庶民の願望と想像からうまれたのが、天満天神のやしろであるらしい。

湯島天神の社殿も、華やかである。ただ、他の天満宮よりも色っぽくてあでやかな感じがするのは、江戸時代、この門前に岡場所《おかばしょ》があったせいだろうか。

岡場所は、幕府公許の吉原以外の廓《くるわ》のことをそのようによんだことは前に述べた。

またこの神社は幕府から社領をもらわず（社領五石という説もある）、そのかわり〝富くじ〟（宝くじのようなもの）の興行をゆるされ、経費をそれでまかなっていた。岡場所といい、富くじといい、いわば江戸の大衆性が反映して、社殿につややかさを加えてい

★204 人を陥れるために事実を曲げて告げ口をすること。

★205 やしき。邸宅。

るのかもしれない。

湯島天神は、鳥居にむかう道筋が平坦で、いわば大手門と考えていい。

あとは、崖である。

境内の北側はたかだかとして切通坂を見おろし、また台上に登るために天神石坂《いしざか》（男坂）三十八段と、天神女坂があって、たかだかとしている。

つい中世、城砦《じょうさい》ではないかと思いたくなるが、どうも空想らしい。

堯恵が松と梅と寒村にふれているだけで、そんなふうに観察していないのである。

太田道灌の出城も、あろうはずがない。堯恵が湯島台にのぼった文明十九（一四八七）年一月というのは、太田道灌が、相模《さがみ》の糟屋《かすや》で主君の扇谷《おうぎがやつ》上杉氏に殺された翌年のことである。

時節がら、砦があれば堯恵の目にとまったにちがいない。

やはり、この境内は、城よりも恋になやむ場所にふさわしそうである。

泉鏡花[★206]の『婦系図《おんなけいず》』[★207]は、明治四十（一九〇七）年、「やまと新聞」に連載された。

主人公の新進のドイツ文学者早瀬主税《ちから》は柳橋《やなぎばし》の芸妓お蔦《つた》と二世を契る仲で、その仲が恩人の大学教授酒井俊蔵に知れて、別れろといわれる。

泉鏡花

★206 いずみ・きょうか＝明治後期～昭和初期の小説家。尾崎紅葉に入門し、繊細優美な文体による

主税は、少年時代、〝隼《はやぶさ》の力《りき》〟といわれたスリで、縁あって本郷真砂町《まさごちょう》に住む酒井教授にひろわれ、こんにちの身になった。主税は〝真砂町の先生〟のことばに抗しがたく、お蔦をよびだしてそのことを告げる。

よび出した場所が、芝居の新派では、湯島天神の境内ということになっていて、以後、この神社と新派が、濃い縁にむすばれた。

泉鏡花（一八七三～一九三九）は石川県の人で、父は名人肌の金工であった。母は江戸の鼓の家の娘で、鏡花の九歳のときになくなった。

鏡花におけるフェミニズムと、江戸文化への美化を、幼時に母をうしなったという精神的外傷からみる人が多い。

十代のおわりごろ、東京へ出てきて長屋に住み、一時期、都市庶民の貧窮のなかにまみれてすごした。やがて尾崎紅葉★208のもとに入門し、同家に寄宿し、創作生活に入るのである。

明治三十二年、神楽坂《かぐらざか》の芸者を知り、苦労のすえ、結婚するのだが、その後七、八年経って発表された『婦系図』に彼自身が反映されているとみるのは自然といえる。

鏡花は、芸者を女として理想化し、同時に弱者として無限の同情をそそいだ。さらには、世間の俗物的尊大さを憎んだ。

境内に、鏡花の筆塚がある。

浪漫的・神秘的な作風を展開した。代表作に『照葉《てりは》狂言』『高《こう》野聖《やひじり》』など。

★207
主人公の早瀬主税とお蔦の悲恋をめぐり、義理と人情の世界、権力主義への反抗といったテーマが描かれる長編小説。

★208
おざき・こうよう＝一八六七年～一九〇三年没。明治時代の小説家。文学結社「硯友社《けんゆうしゃ》」を結成し、機関誌「我楽多《がらくた》文庫」を発行する。代表作に『多情多恨』『金色夜叉《こんじきやしゃ》』など。

没後の昭和十七（一九四二）年、★209里見弴《さとみとん》らによってたてられたものである。

ひろからぬ境内が、こまごまと庭園化されている。

樹木の多くは、植木屋が〝下草《したくさ》〟とよぶ灌木類でもってすそがおおわれている。私が訪ねたのは五月で、〝下草〟のつつじが、赤い花をつけていた。

むろん、梅の木がある。樟《くすのき》もある。

木々のなかに、瓦斯《ガス》灯もあった。

瓦斯灯は、明治の文明開化の象徴というべきもので、街路や公園の夜をあかるくしていた。

説明によると、湯島天神の境内にも何基かあったそうである。瓦斯灯があればこそ主税はお蔦をここへよび出せるのである。

ふつう、村落の氏神の境内などには夜間灯火がなかった。もし湯島天神もそうだったら、両者は闇の中を手さぐりでにじり寄らざるをえず、芝居にはならない。

初演は、明治四十一年、東京新富座においてだったそうである。

瓦斯灯のそばに、

「新派」

と彫られた石の碑もすえられていて、湯島天神が新派の名所であることを念押しして

★209 一八八八年～一九八三年没。明治～昭和期の小説家。兄の友人であった志賀直哉《しがなおや》から強い影響を受け、「白樺《しらかば》」の創刊に加わる。短編集『善心悪心』で文壇デビューし、長編小説や自伝小説を手がけた。代表作に『極楽とんぼ』など。

いる。

話が、かわる。

江戸後期の伝奇小説家曲亭《きょくてい》★210（滝沢）馬琴（一七六七〜一八四八）は、奇事異聞の会を肝煎《きもいり》★211していた。会の名を兎《と》園《えん》会といい、会員が持ち寄った奇事異聞の文章は『兎園会集説』一巻や『兎園小説』十二巻にあつめられている。

第一回の会合は文政八（一八二五）年正月で、幕臣屋代弘賢《やしろひろかた》★212（一七五八〜一八四一）らが参加した。

屋代は『寛政重修諸家譜《かんせいちょうしゅうしょかふ》』や『群書類従』の編纂に参加した国学者で、かたわら民謡や民俗を採集するという、世界でも草分けの文化人類学者でもあった。

この第一回の会合で、関思亮《せきしりょう》（号は海棠庵）という人が、

「加賀のお屋敷（いまの東京大学）でのことでございます」

と言いつつ、あらましを書いた自分の文章をとりだし、邸内からむかしの城跡らしい石組みが出てきた、といった。

第十一代将軍家斉《いえなり》★213は滑稽なほど多産で、幕閣のしごとの多くは、将軍の娘たちの嫁入りさきをみつけることであり、加賀前田家にも白羽の矢が立った。

★210 たきざわ・ばきん＝戯作者《げさくしゃ》の山《さん》東京伝《とうきょうでん》に師事し、黄表紙や合巻《ごうかん》と呼ばれる大人向けの絵物語などを執筆する。晩年はほとんど失明しながらも、二十八年の歳月をかけて大長編読本『南総里見八犬伝《なんそうさとみはっけんでん》』を完成させた。代表作に『椿説弓張月《ちんせつゆみはりづき》』『俊寛僧都島物語《しゅんかんそうずしまものがたり》』など。

★211 あれこれ世話や斡旋《あっせん》をすること。

★212 江戸時代後期の国学者。幕府の書役《かきやく》、右筆《ゆうひつ》。蔵書家としても知られた。

★213 徳川家斉。一七七三年〜一八四一年没。田沼意次《おきつぐ》を排して、松平定信《さだのぶ》を老中主座とし、寛政《かんせい》の改革を行わせた。

溶姫《やすひめ》といい、兎園会がひらかれる前々年の文政六年に縁組の沙汰がきまったため、前田家では御守殿《ごしゅでん》（御主殿とも）を普請《ふしん》した。

将軍家から降嫁《こうか》した奥方の場合、奥には住まず、御守殿とよばれる独立した一郭に住むのである。門も建造される。慣例として丹《に》に塗られた。

現在、東京大学に遺っている赤門である。

庭園もつくられた。かつて〝梅の御殿〟とよばれていた場所で、毎日百人余の人足が入ったのだが、その造園工事の下から約三万個の丸石が出てきたという。

丸石は石垣を組んでいて、南北に二丁半、他にも四十間《けん》、あるいは一丁あまりといった石垣が出た。

いまなら文化財保護法によって工事が中止され、発掘調査がおこなわれるところだが、当時のことだからそれをいちいちとりのぞいた。大変な手間代がかかったという。

馬琴らは、これを中世の城の遺跡だとみた。が、たれの城だか、よくわからない。

これだけの話だから推定しようもなく、また丸石がどこの石で、どの程度の大きさだったかもよくわからない。

当時の城砦は、ごく一般的には堀をうがってその土をかきあげて土塁をきずくだけなのである。

松之栄（旧幕府の姫君加州へ御輿入の図）

搔上城《かきあげじろ》といった。道灌の江戸城でさえ、土塁と堀を三重にめぐらしたもので、石垣はほとんどつかわれていなかった。

〝本郷城〟の石垣の場合、石のすくない本郷台にあってどこから石をもってきたかなどを考えてゆくと、石垣が出たという話そのものがうたがわしい。

馬琴は、城のぬしは豊島氏の一族の丸塚某ではあるまいか、などと考証しているが、どうも、とりとめもなさそうである。

（『司馬遼太郎『街道をゆく』〈用語解説・詳細地図付き〉本郷界隈Ⅱ』につづく）

御上屋敷
御中屋敷
御下屋敷
神社佛閣
道路并橋
町家
川池
山林土手馬場植溜等
加賀宰相殿
水戸殿
小笠原信濃守
有馬日向守
大田摂津守
阿部伊勢守
大番組
上野山内
不忍池

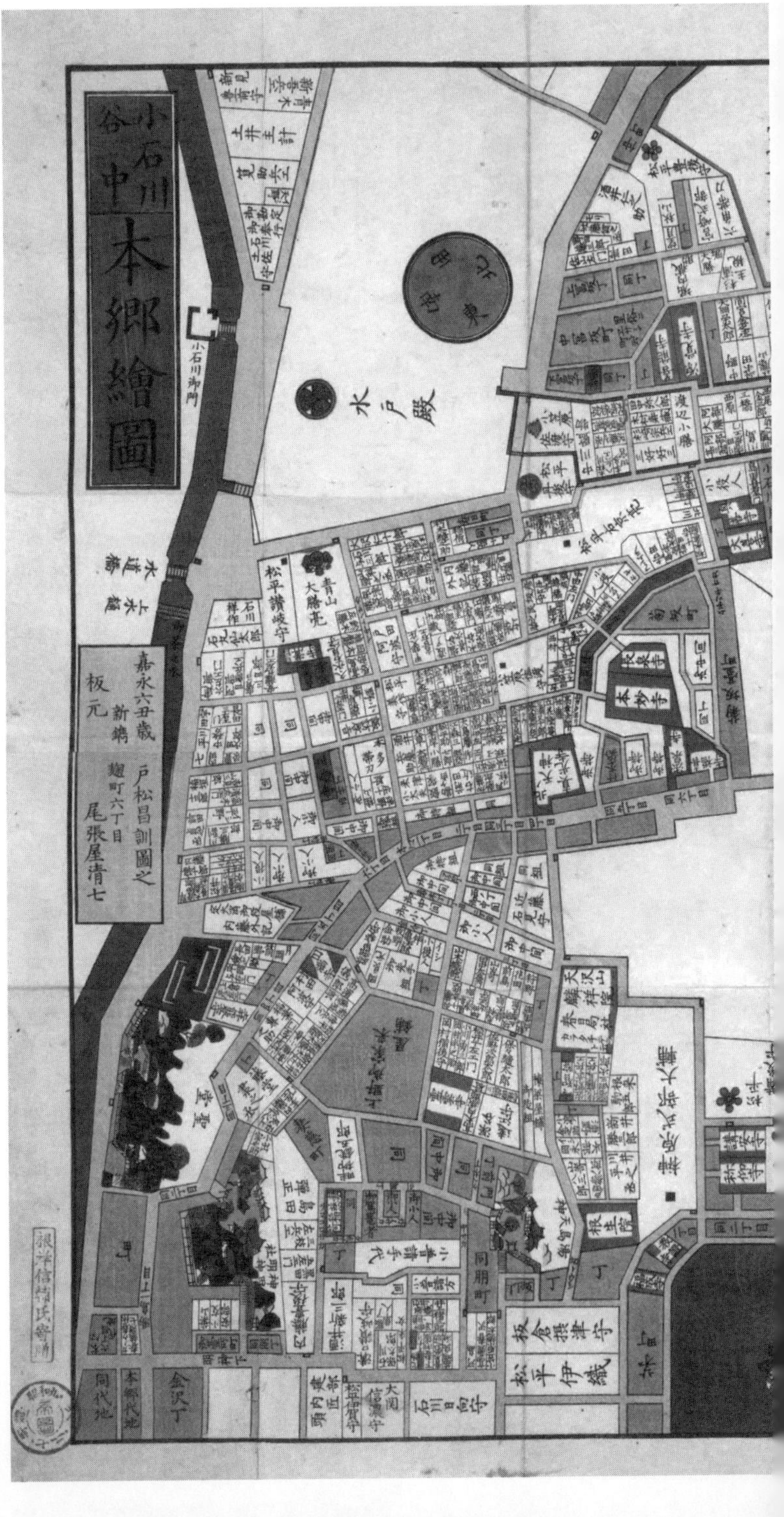

『江戸切絵図』の本郷

【本文写真、図版　提供先一覧】

東京大学史料編纂所古写真データベース（8、23、27〈坪井正五郎〉、73ページ）
長崎大学附属図書館（11ページ）
国立国会図書館（13、38、41、62、69、75、88、91、132、152、153ページ）
東京大学総合研究博物館（18ページ）
品川区立品川歴史館（22、42ページ）
PIXTA（43、71、80、116ページ）
金沢市立玉川図書館（28ページ）
東京大学埋蔵文化財調査室（48ページ）
日本近代文学館（65ページ）
博物館明治村（96ページ）
東京大学総合図書館（106、150ページ）
都立岩崎邸庭園（121、127ページ）
東京大学史料編纂所所蔵模写（131ページ）
とくに記載のないものは、朝日新聞社、朝日新聞出版および編集部撮影

連載・週刊朝日……一九九一年八月九日号〜一九九一年十一月八日号
単行本…………一九九二年十二月　朝日新聞社刊
ワイド版………二〇〇五年三月　朝日新聞社刊
文庫版…………一九九六年七月　朝日新聞社刊
新装文庫版……二〇〇九年四月　朝日新聞出版刊

［校訂・表記等について］

1. 地名、地方自治体、団体等の名称は、原則として単行本刊行時のままとし、適宜、本書刊行時の名称を付記した。

2. 振り仮名については、編集部の判断に基づき、著作権者の承認を経て、追加ないし削除した新装文庫版に準じた。

司馬遼太郎（しば・りょうたろう）
一九二三年、大阪府生まれ。大阪外事専門学校（現・大阪大学外国語学部）蒙古科卒業。六〇年、『梟の城』で直木賞受賞。七五年、芸術院恩賜賞受賞。九三年、文化勲章受章。九六年、逝去。
主な作品に『燃えよ剣』、『竜馬がゆく』、『国盗り物語』（菊池寛賞）、『世に棲む日日』（吉川英治文学賞）、『花神』、『坂の上の雲』、『翔ぶが如く』、『空海の風景』、『胡蝶の夢』、『ひとびとの跫音』（読売文学賞）、『韃靼疾風録』（大佛次郎賞）、『この国のかたち』、『対談集　東と西』、『草原の記』、『対談集　日本人への遺言』、『鼎談　時代の風音』、『街道をゆく』シリーズなどがある。

司馬《しば》遼太郎《りょうたろう》『街道《かいどう》をゆく』
本郷界隈《ほんごうかいわい》Ｉ　〈用語《ようご》解説《かいせつ》・詳細地図《しょうさいちず》付《つ》き〉

二〇一六年三月三十日　第一刷発行

著　者　司馬遼太郎
発行者　首藤由之
発行所　朝日新聞出版
〒一〇四-八〇一一　東京都中央区築地五-三-二
電話　〇三-五五四一-八八三二（編集）
〇三-五五四〇-七七九三（販売）
印刷製本　凸版印刷株式会社

Published in Japan by Asahi Shimbun Publications Inc.
ISBN978-4-02-251356-4
定価はカバーに表示してあります
落丁・乱丁の場合は弊社業務部（電話〇三-五五四〇-七八〇〇）へご連絡ください。
送料弊社負担にてお取り替えいたします。

単行本

司馬遼太郎

『街道をゆく』〈用語解説・詳細地図付き〉

ライフワーク『街道をゆく』の全文にあわせ、詳細な用語解説と地図や図版などを多数掲載。

中高生から大人まで。司馬作品に触れるきっかけに！

『近江《おうみ》散歩』

「どうにも好きである」という滋賀県＝近江の歴史を描きつつ、琵琶湖の乱開発に警鐘を鳴らす。

『奈良散歩』

東大寺の「お水取り」を訪問し、奈良に刻まれる千年の歴史から「文明」と「文化」の違いを考察する。

『本所深川《ほんじょふかがわ》散歩』

「文七元結」など落語を枕に、江戸の風情を感じながら、近代日本文学誕生までの歴史を巡る。

『神田界隈《かいわい》』

司馬さんにとってなじみ深い古書街を舞台に、近代日本の知性を支えた人々の姿を描く。

『叡山《えいざん》の諸道Ⅰ・Ⅱ』

20代の頃から見たいと思っていた天台宗の宗教行事「法華大会《ほっけだいえ》」を見学できることになり、司馬さんは比叡山延暦寺に向かう。

「司馬遼太郎記念館」のご案内

司馬遼太郎記念館は自宅と隣接地に建てられた安藤忠雄氏設計の建物で構成されている。広さは、約2300平方メートル。2001年11月に開館した。

数々の作品が生まれた自宅の書斎、四季の変化を見せる雑木林風の自宅の庭、高さ11メートル、地下1階から地上2階までの三層吹き抜けの壁面に、資料本や自著本など2万余冊が収納されている大書架、……などから一人の作家の精神を感じ取っていただく構成になっている。展示中心の見る記念館というより、感じる記念館ということを意図した。この空間で、わずかでもいい、ゆとりの時間をもっていただき、来館者ご自身が思い思いにしばし考える時間をもっていただきたい、という願いを込めている。（館長　上村洋行）

利用案内

所 在 地　大阪府東大阪市下小阪3丁目11番18号　〒577-0803
T E L　06-6726-3860、06-6726-3859（友の会）
H P　http://www.shibazaidan.or.jp
開館時間　10:00～17:00（入館受付は16:30まで）
休 館 日　毎週月曜日（祝日・振替休日の場合は翌日が休館）
特別資料整理期間（9/1～10）、年末・年始（12/28～1/4）
※その他臨時に休館することがあります。

入館料

	一　般	団　体
大人	500円	400円
高・中学生	300円	240円
小学生	200円	160円

※団体は20名以上
※障害者手帳を持参の方は無料

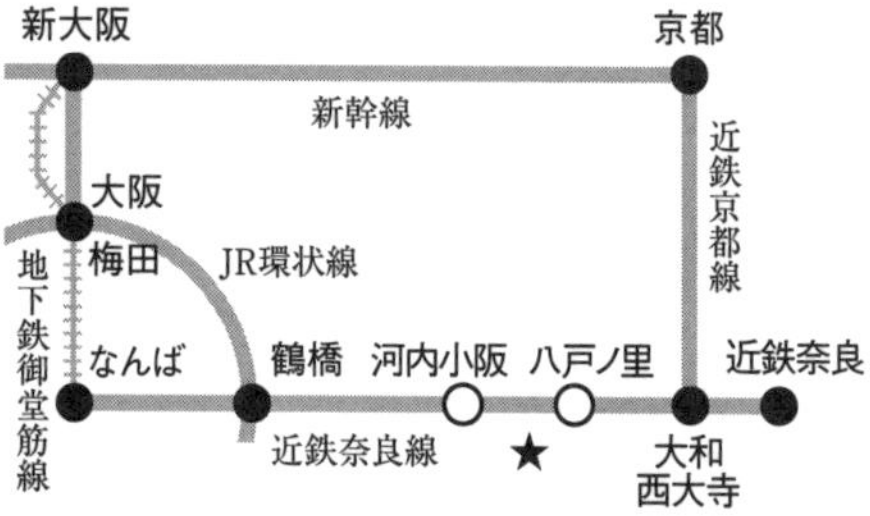

アクセス　近鉄奈良線「河内小阪駅」下車、徒歩12分。「八戸ノ里駅」下車、徒歩8分。
Ⓟ5台　大型バスは近くに無料一時駐車場あり。但し事前にご連絡ください。

記念館友の会　ご案内

友の会は司馬作品を愛し、記念館を支えてくださる会員の皆さんとのコミュニケーションの場です。会員になると、会誌「遼」（年4回発行）をお届けします。また、講演会、交流会、ツアーなど、館の行事に会員価格で参加できるなどの特典があります。

年会費　一般会員3000円　サポート会員1万円　企業サポート会員5万円
お申し込み、お問い合わせは友の会事務局まで
TEL 06-6726-3859　FAX 06-6726-3856